AF196863

Gisela Arndt

Mord auf dem Bouleplatz

Kriminalroman

www.tredition.de

Verlag und Druck: tredition GmbH, Halenreie 40-44, 22359 Hamburg

ISBN
Paperback: 978-3-7482-7548-0
Hardcover: 978-3-7482-7549-7
e-Book: 978-3-7482-7550-3

Verlag & Druck: tredition GmbH, Halenreie 40-44, 22359 Hamburg

Danksagung

Dieses Buch widme ich meinem Sohn, der mir mit viel Geduld bei der Fertigstellung geholfen hat. Ohne ihn wäre es wahrscheinlich gar nicht zu Stande gekommen.

Dieses Buch ist eine reine Erfindung!
Übereinstimmungen mit lebenden oder toten Personen sind rein zufällig!

Vorwort

Also ich bin wirklich eine begeisterte Krimileserin. Englische Krimis sind meine Leidenschaft. Ich weiß nicht, wie viele ich schon verschlungen habe. Besonders die Bücher von Elizabeth George finde ich absolut genial. Sie versteht es, auch als Amerikanerin, die englische Mentalität einzufangen. Auch werden immer wieder englische Landschaften beschrieben, in der die interessanten Mordfälle stattfinden. Natürlich lese ich die Bücher auch deshalb gerne, weil mein Mann und ich oft in England Urlaub machen und wir viele dieser „Tatorte" kennen. Wenn man schon selbst an den beschriebenen Orten war, ist das was Besonderes.

Auch italienische Krimiautoren finde ich gut. In diesen Büchern fühlt man die Sonne, riecht den Duft der Kräuter, hört die Wellen rauschen und schmeckt das gute Essen. Man geht mit den Personen des Buches durch die alten Dörfchen und die engen Gassen. Ab und zu gibt es sogar Rezepte, die man dann nachkochen kann. Italienische Kommissare haben eine andere Art zu ermitteln. Es herrscht eine „hektische Gemütlichkeit" oder eine „gemütliche Hektik".

Es hat einige Zeit gedauert, bis ich Zugang zu deutschen Krimis gefunden habe. Inzwischen lese ich aber auch deutsche Autoren gerne.

Und nun sind wir in einen echten Krimi geraten. Es ist nicht zu fassen.

Du stehst morgens auf, freust dich auf einen schönen Tag, und am Abend ist nichts mehr wie es war. Du bist plötzlich Teil eines Verbrechens.

Eines der schlimmsten Art.   Ein Mord!!

Und dann noch ein Freund und an einem Ort der für Erholung, Spaß, Vergnügen und Freude steht.

Man versteht die Welt nicht mehr.

Mittwoch

Der Kurpark von Bad Fischbach ist eine Oase der Beschaulichkeit in dem lebhaften Städtchen. Mit viel Liebe werden die Blumenbeete von den Gärtnern der Stadt gepflegt und passend zur Jahreszeit bepflanzt.

Es gibt einen Tastgarten für die blinden Mitbürger. Einen Apothekergarten, sowie einen Bauerngarten. Im hinteren Teil befindet sich eine Voliere mit vielen, bunten, exotischen Vögeln. Darüber freuen sich besonders die Kinder.

Im Zentrum des Parks ist ein See. Hier kann man sich im Sommer Ruderboote mieten. Im Winter, falls der See zugefroren ist, wird Schlittschuh gelaufen, Eishockey gespielt und auch die Eisstockschützen haben ihren Spaß.

Viele Möglichkeiten zum Spazierengehen, Walken und Joggen bieten die Wege im Park.

Es gibt eine große, eingezäunte Fläche, die nur für Hunde reserviert ist.

Für die kleinen Mitbürger hat man einen großartigen Spielplatz geschaffen. Auch ein fantasievoller Minigolfplatz ist angelegt worden, der eifrig von Jung und Alt genutzt wird.

Gleich daneben befinden sich die beiden Boule-Bahnen. Die Stadt hat sie erneuert, das heißt vor allem der Belag wurde verbessert. Jeden Mittwoch und Freitag treffen sich schon seit Jahren einige ältere Damen und Herren zum Boule spielen. So auch heute.

Herbert Moser lebt mit seiner Frau Rosina seit ewigen Zeiten in Bad Fischbach. Er ist 72 Jahre alt ,180 cm groß, hager, hat graues, volles Haar. Seine hervorstehende Hakennase ist bemerkenswert. Bei einer Schlägerei in Jugendjahren wurde die Nase gebrochen und dann ist sie nicht mehr richtig zusammengewachsen. Er kümmert sich aufopferungsvoll um seine Frau, die seit einiger Zeit im Rollstuhl sitzt. Seine beiden Söhne leben mit ihren Frauen und Kindern in Rosenheim.

Heute muss er mit Rosina zum Arzt nach Traunstein, dann einkaufen, die Wäsche waschen, Essen kochen und am Nachmittag treffen sich die Boule-Spieler auf dem Platz. Der Tag ist herrlich, Die Sonne scheint, die Luft ist klar ein leichter Wind weht, ein idealer Tag.

12.35

Gestern hatte Herbert gesehen, dass mal wieder ein paar Witzbolde, auf den Boule-Bahnen mit ihren Rädern, tiefe Spuren hinterlassen haben. Deshalb will er etwas früher in den Kurpark, um den Platz wieder in Ordnung zu bringen. Normalerweise fährt er mit dem Rad zum Boulen, aber das wird ihm heute zu knapp. Also nimmt er das Auto und ist dann schon vor 13 Uhr am Parkplatz. Genug Zeit, um die Bahnen wieder in Ordnung zu bringen.

Eigentlich hat er sich beim letzten Treffen furchtbar über den Wolfgang Speck aufgeregt und geärgert und sich mit ihm gestritten. Deshalb wollte er gar nicht kommen.

Aber was solls, Schwamm drüber.

Die Parkscheibe durfte er nicht vergessen. Zurzeit kontrollierten die Damen und Herren der Verkehrsüberwachung sehr gewissenhaft.

100 m hinter den Boule-Bahnen gibt es einen Bretterverschlag der ungefähr 10 m x 15 m groß ist. Hier werden die Arbeitsgeräte der Parkarbeiter aufbewahrt. Dort gibt es auch einen Rechen und ein Brett, um die Bahnen zu ebnen. Herbert legte seine Boule-Kugeln unter der großen, alten Linde ab. Sie glänzten noch, da er sie erst zu seinem Geburtstag vor zwei Wochen geschenkt bekommen hatte. Die Tür vom Verschlag klemmte etwas. Drinnen herrschte ein Durcheinander. Gerade wollte er sich bücken, um den Rechen zu greifen, als er einen Schlag auf den Kopf bekam. Dann noch einen und noch einen und noch einen.

Er war nicht fähig zu reagieren, er schrie nicht einmal, so hat ihn der Angriff überrascht.

Er stöhnte nur.

Er ging zu Boden.

Der Angreifer schlug noch immer zu.

Herbert rührte sich nicht mehr.

Er war tot!

Eine Wolke verdunkelte die Sonne.

Der Zug von München lief an der *Haltestelle, Kurpark*, ein.

Der Angreifer, ein großer, massiger Mann, packte den Körper von Herbert und warf ihn über die hintere Bretterwand. Der Leiche landete im Gebüsch.

Das Gesicht des Mörders war stark gerötet, wahrscheinlich von der Anstrengung. Die grauen Haare hingen ihm, vom Schweiß nass, in die Augen. Er bemerkte nicht, dass Herbert einen Schuh verloren hatte. Er wischte sein Gesicht und die Hände notdürftig mit einem Lappen ab, der da lag. Sein dunkelgrauer Pullover war mit Blutspritzern übersät. Er zog ihn aus, und legte ihn über den Arm.

Er ging zu der Frau, griff ihre Hand und zerrte sie vom Verschlag auf den Weg und zischte, „Schnell weg."

Die Frau klein, schmächtig, mit dünnen, ungepflegten Haaren, hatte während des Mordes völlig starr dagestanden. Die Fäuste vor den Mund gepresst, damit sie nicht schrie. Das Gesicht grau, die Augen vor Entsetzen weit aufgerissen. Sie konnte sich nicht bewegen. Sie zitterte so sehr, dass ihre Zähne klapperten.

Ihr Atem beschleunigte sich, dass sie fast hyperventilierte. Als der Mann sie wegzerrte, stolperte sie und fiel auf die Knie. Er riss sie hoch. Sie gingen dann langsam Richtung See.

Der Angriff hatte keine 10 Minuten gedauert.

Stephan Braun, ein Kunststudent aus München, saß bzw. stand im Zug, der gerade an der Haltestelle des Kurparks angekommen war. Seine übergroßen Bilder wären beinahe umgefallen. Er hatte sie im Vorraum des Zuges eigentlich gut fixiert. Aber anscheinend nicht gut genug. Er schaute aus dem Fenster. Er war in Bad Fischbach aufgewachsen. Auf dem Rückweg würde er bei seinem Vater vorbeischauen.

Aber jetzt ging es erst Mal nach Salzburg. Er durfte seine Gemälde in der *Galerie Gaillier* ausstellen, eine der bekanntesten Galerien in Salzburg. Das war eine große Ehre und eine Chance für den jungen Künstler. Er war erst 23 Jahre alt, und stand ganz am Anfang seiner Karriere.

Beim Boule-Platz beobachtete er ein seltsames Paar. Er, ein massiger Mann mit fettigem Haar, war sehr grob zu seiner Frau. Sie war gestürzt, und er riss sie brutal nach oben. Anscheinend hat es zwischen den beiden ordentlich gekracht. Offensichtlich hören die Streitereien im Alter auch nicht auf.

Auch er hatte sich gerade im Streit von seiner Freundin getrennt.

Der Zug fuhr wieder los und Stephan freute sich auf Salzburg.

Wolfgang Speck kam kurz nach 13 Uhr am Boule-Platz an. Er ist 70 Jahre alt, wohnt in *Burgberg* mit seiner Familie. Allerdings hat er seit 2 Jahren eine Freundin, mit der er zum Boulen geht, und auch sonst seine Freizeit verbringt. Beate hatte aber noch in der Metzgerei zu tun, und kommt etwas später nach. Wolfgang ist ein gutaussehender, sportlicher Mann, allerdings eher von der aufbrausenden Sorte. Er geht gerne in die Berge, liebt Radfahren, kocht mit Leidenschaft und ist seit kurzem Rentner. Er hatte eine gutgehende Glaserei. Er konnte das Geschäft nur schwer aufgeben. Allerdings seit drei Monaten ist er ein freier Mann. Er hatte wenig Freizeit. Ständig musste er erreichbar sein. Alles war immer so wichtig und musste sofort erledigt werden. Dann war Schluss. Und jetzt kann er, wie er will, seine Zeit gestalten.

Die Bahnen waren in einem erbärmlichen Zustand. Wolfgang ging zum Verschlag, und holte die Arbeitsgeräte heraus die er brauchte.

Es roch etwas eigenartig.

Margarete Fischer kam mit ihrem Rad zum Platz. Sie ist 65 Jahre alt. Sie lebt mit ihrem Partner in einer kleinen Eigentumswohnung in Bad Fischbach und wäre heut eigentlich schon weg, in Urlaub. Aber Peter, ihr Freund hatte geschäftlich noch zu tun. So wurde die Bike Tour um einen Tag verschoben. Sie hatten vor nach Frankreich, Paris zufahren. In Versailles ist ein großes Biker Treffen. Das war zunächst ihr Ziel.

Margarete ist eher klein gewachsen, schlank, hat lange, blonde Haare, wahrscheinlich gefärbt, und ist meist stark geschminkt. Außerdem trägt sie viel zu viel Parfum auf. Aber sie ist nett und eine gute Boule-Spielerin.

Sie wunderte sich, dass Wolfgang die Bahnen bearbeitete. Eigentlich wollte das der Herbert machen. Aber der war nirgends zu sehen. Vielleicht gab's Probleme zu Hause.

Richard Müller kam langsam den Weg, mit zwei Stöcken, vom Parkplatz herunter. Er war wochenlang krank gewesen. Im Winter ist er auf einer Eisplatte ausgerutscht und hat sich das Bein gebrochen. Er hat große Probleme beim Gehen. Er bekam eine neue Hüfte und hat oft Schmerzen im Knie.

Aber jetzt ist er wieder gesund, und freut sich wie ein Schneekönig auf den heutigen Boule Nachmittag.

Richard, mit seinen 88 Jahren, ist der älteste in der Gruppe, hat einen trockenen Humor, ist ein lieber, gutmütiger Kerl, und ein guter Boule-Spieler. Alle mögen ihn und haben vor dem ehemaligen Zahnarzt Respekt.

Clementine Schmied, genannt Tini, ist ein Original von Bad Fischbach. Sie ist 82 Jahre, fit wie ein Turnschuh, fährt viel mit dem Rad, geht ins Fitness Studio, ist lustig und kennt alle Leute. Sie ist, wie auch Richard, eine Boule-Spielerin der ersten Stunde. Es gibt sogar einen Zeitungsartikel mit Fotos, wo alle Gründungsmitglieder abgebildet sind. Sie freut sich sehr als sie Richard erblickt, der ja solange gefehlt hat und setzt sich zu ihm auf die Bank.

Harald Jäger, 67 Jahre, immer schick angezogen, war mal Computer-Spezialist, kommt gerade mit seinem E-Bike angefahren. Er ist der *Chef* der Boule-Gemeinschaft. Er gibt immer Mal wieder neue Regeln aus, organisiert das Turnier, das jedes Jahr stattfindet, und kümmert sich auch ab und zu um kleine Feiern, die im nahen Sportlerheim stattfinden. Er hat ein paar Probleme mit dem Rücken, und schon eine Bypass Operation hinter sich. Auch er freut sich, Richard wiederzusehen und setzt sich zu den beiden auf die Bank.

Martin Schneider, 86 Jahre, ehemaliger Richter, ein lustiger, freundlicher Mann, gerecht und beliebt bei allen in der Gruppe, kommt ebenso angeradelt. Allerdings ist er nicht gesund. Er hat immer wieder Probleme mit dem Magen. Er muss sich oft erbrechen und keiner weiß warum. Außerdem ist die Leistung seines Herzens sehr schwach, was natürlich auch immer wieder Schwierigkeiten macht. Auch er ist ein Boule-Spieler der ersten Stunde. Er gesellt sich zu den dreien, und begrüßt Richard herzlich.

Beate Fürst kommt mit dem Rad aus *Burgberg*. Sie hat es doch noch rechtzeitig geschafft. Beate ist die Freundin von Wolfgang Speck. Sie ist 69 Jahre sportlich, immer braungebrannt, freundlich und gutaussehend. Sie und ihr Partner sind erst seit kurzem bei der Gruppe, haben sich aber schnell integriert. Sie ist die ausgleichende in der Beziehung.

Wolfgang ist eher etwas schwierig, und legt sich gerne, besonders mit Herbert, an. Auch sie freut sich, dass Richard wieder mitmachen kann.

Am Parkplatz vom Kurpark treffen gleichzeitig Pedro Martinez, und Gisela und Josef Vogel ein.

Pedro, ein Spanier, eigentlich Baske aus San Sebastian, ist ein sehr kleiner Mann. Er arbeitet ab und zu in der Tapas-Bar, seines Bruders. Dort gibt es unter anderem, die besten Tortillas, der Stadt.

Obwohl er schon seit über 30 Jahren in Deutschland lebt, ist sein Deutsch eher schlecht. Er hat für Gisela und Josef einen 5 Liter Kanister Rotwein aus Spanien mitgebracht. Der wird gleich übergeben, bezahlt, und man macht sich gemeinsam auf zum Boule-Platz. Immer wieder will er die Geschichten vom Jakobsweg hören. Gisela und Josef sind den, *Camino del Norte*, gegangen und dieser Weg beginnt, und führt durch das spanische Baskenland, der Heimat von Pedro.

Gisela und Josef sind verheiratet, beide 65 Jahre alt, und wohnen im Nachbarort. Sie sind durch eine Freundin zu der Boule-Gemeinschaft gekommen, und freuen sich jede Woche auf die Spiele. Es ist meist sehr lustig, man bewegt sich etwas, ist an der frischen Luft und es kostet nichts. Sie sind ihrer Freundin Elisabeth sehr dankbar, dass sie die Aufnahme bei der Boule- Gruppe, für sie organisiert hat.

Ein lautes Klingeln von hinten kündigt Helmut Brand an.

Er ist ebenso ein Original von Bad Fischbach. Mit seinen 66 Jahren ist er unentwegt unterwegs. Beim Kartenspielen, Stockschießen, Hufeisen werfen und natürlich Boulen.

Er ist lustig und hat immer ein Witzchen parat.

14.00

Beate mischt die Spielkarten, und lässt die Leute ziehen. So werden zwei Mannschaften gebildet, und man spielt immer mit anderen Leuten zusammen, gegen eine andere Gruppe. Das Spiel ist meist sehr leidenschaftlich und jeder kämpft um den Sieg seiner Gruppe. Und, obwohl es um nichts geht, wird das Spiel sehr ernst genommen. Manchmal, zu ernst. Aber meist ist es sehr lustig, und die Zuschauer, die immer wieder auftauchen, haben ihren Spaß.

Das ist besser wie Fernsehen, hat schon so mancher festgestellt.

Tini informiert Gisela, dass sie mal hinter den Verschlag verschwindet. Dort ist man durch Gebüsch vor Zuschauern geschützt, und kann sich erleichtern.

14.30

Es dauert nicht lange und Tini kommt im Laufschritt zurück. Sie schreit, „Dahinten liegt der Herbert, ich glaub er ist tot."

Momentan sind alle wie vom Donner gerührt. Dann laufen sie, jeder so schnell er konnte, in die Richtung die Tini ihnen zeigte.

Vor dem Körper von Herbert blieben sie abrupt stehen.

Zunächst sagte keiner ein Wort.

Wie zum Spott zwitscherte ein Vogel ein fröhliches Lied.

Der Kopf von Herbert war blutüberströmt. Der Schädel wirkte zerdrückt und eine weißliche, graue Masse quoll heraus. Einige schwarze Schmeißfliegen schwirrten um den zertrümmerten Schädel, und krabbelten auf seinem Gesicht. Die Augen weit aufgerissen. Der restliche Körper lag irgendwie verdreht im Gebüsch.

Tini meinte, „Ich habe ein Handtuch dabei." Sie lief zu ihrem Rucksack.

Pedro fluchte auf Spanisch.

Martin sagte, „Mir ist schlecht." Er erbrach sich.

Wolfgang ging zu Herbert und fühlte den Puls und schüttelte den Kopf.

Beate und Gisela weinten leise.

Josef legte den Arm um seine Frau.

Richard meinte, „Ich muss mich setzen."

Helmut sagte, „So was Furchtbares habe ich noch nicht erlebt, da fehlen mir die Worte. Wie brutal ist das denn?"

Tini kam mit dem Handtuch, und bedeckte vorsichtig das Gesicht von Herbert.

Harald überlegte „Wir müssen die Polizei anrufen." Was er auch tat.

Die Dame am Telefon, eine Frau Stocker, forderte ihn auf, nichts anzufassen, die Polizei wäre in Kürze da.

Alle versammelten sich bei der Bank und es gingen plötzlich die Fragen los.

Wieso? Warum? Weshalb? Wann? und vor allem Wer? tut sowas Schreckliches. Keiner hatte eine Antwort. Sie diskutierten wild durcheinander. Alle waren tief erschüttert. Keiner wusste Rat.

Als plötzlich eine ältere Dame auftauchte, und rief, „Hallo Wolfgang, was ist denn hier los? Ich denke ihr spielt Boule."

„Marlene, was willst du denn hier? Das ist wirklich ein ungünstiger Moment, geh schnell wieder, bevor die Polizei kommt."

Wolfgang war sehr überrascht, dass seine Frau hier auftauchte. Gerade in so einem schrecklichen Augenblick.

„Wieso Polizei, ich wollte euch beim Boule spielen zuschauen. Was ist denn passiert?"

Wolfgang Speck erklärte seiner Frau kurz die schreckliche Situation. Marlene war erschüttert.

Beate bat die anderen Spieler, nichts von ihrer Beziehung mit Wolfgang zu erwähnen.

Man hörte das Martinshorn und die Polizei kam zum Boule-Platz. Jetzt war es für Marlene Speck zu spät, wieder nach Hause zu fahren.

Ein Polizist in Uniform kam auf die Gruppe zu, und stellte sich als Michael Moltke vor. Er war 48 Jahre alt, hatte eine etwas gedrungene Figur, blonde, kurze Haare und ein freundliches, sympathisches Gesicht.

Harald Jäger führte den Polizisten zum toten Herbert. Dieser kritisierte das Handtuch, Tini, die mit gegangen war, sie verteidigte ihre Handlung. „Die Fliegen waren so ekelhaft." Der Polizist Moltke fragte, „Sonst haben sie aber nichts verändert?"

„Der Wolfgang Speck hat noch den Puls getastet."

Martin Schneider hat sich erbrochen." Er zeigte auf die Stelle.

„Gut, alle Boule-Spieler sollen sich bereithalten, ich werde die Personalien aufnehmen, bis die Kommissare hier sind."

Er gab den Kollegen noch Anweisungen wegen der Absperrung. Inzwischen war die Spurensicherung in ihren weißen Schutzanzügen, angekommen. Auch hatten sich schon einige Schaulustige eingefunden, die vom Tatort abgehalten werden mussten.

Am Zaun zum Minigolfplatz stand Helmut, und berichtete den Minigolfspielern, was passiert war.

Michael Moltke zückte seinen Stift und nahm den Block. Dann begann er die Leute zu befragen.

Eine etwa 40-jährige, hübsche Frau, mit langen, schwarzen Haaren, einer großartigen Figur und sympathischer Ausstrahlung, schlüpfte unter der Absperrung durch. Sie hatte einen Arztkittel an.

Veronika Gabler, genannt Vroni, die Gerichtsmedizinerin, begrüßte den Polizisten.

„Na, Molly geht's gut? Was macht die Kunst?"

Moltke, seine Freunde nannten ihn Molly, erhob sich, und ging mit der Ärztin zum Toten.

„Ich habe halt neben der Arbeit nicht so viel Zeit. Aber im Moment proben wir, für „Was ihr wollt" von Shakespeare. Das wird großartig."

Michael Moltke spielt in seiner Freizeit leidenschaftlich gerne Theater.

Die Spurensicherung war schon mit dem Fotografieren fertig. Einer der Männer gab Molly eine Tüte mit einem Handy,

„Das haben wir im Gras gefunden", sagte er.

Die Ärztin begann mit der Untersuchung.

„Ich mach dann mal mit den Personalien weiter", meinte Moltke.

Inzwischen kam ein Paar auf den Tatort zu.

Kommissar Thomas Lindner und Kommissar Anwärterin Barbara Hafer. Thomas Lindner war 35 Jahre alt, ca. 180 cm groß, hatte etwas längere, braune, lockige Haare, braune Augen und liebte karierte Hemden. Heute hatte er ein graukariertes Hemd an, eine schwarze Lederjacke und Jeans.

Er war seit fast zwei Jahren in Traunstein, der Leiter der Mordkommission.

Barbara Hafer ist erst seit vier Wochen in Traunstein. Sie kommt aus Straubing, ist 30 Jahre alt, hat schwarze, kurze Haare, blaue Augen, ca. 170 cm groß, schlank, liebt Musik und tanzt gerne. Sie trägt ebenso; Jeans, eine rote Bluse, eine beige Lederjacke.

Sie ist seit der ersten Minute in Ihren Chef verliebt.

Der hat aber nur die Arbeit und seine Musik im Kopf.

Die Kommissare begrüßen Moltke. Der setzt sie ins Bild, und führt sie zur Leiche.

„Hallo Vroni, was hast du für uns", fragte Lindner und gab der Ärztin die Hand.

„Darf ich vorstellen, Barbara Hafer, unsere Anwärterin."

„Schön sie kennenzulernen." Sie begrüßte Barbara freundlich.

„Ja, wir haben hier einen ungefähr siebzig jährigen Mann, der mit einem harten, stumpfen, runden Gegenstand ermordet wurde. Der Schädel wurde zertrümmert. Und zwar so brutal, dass man davon ausgehen kann, dass eine riesige Portion Wut dabei war. Ich kann keine Spuren von Gegenwehr entdecken, sodass ich behaupte, er wurde vom Angriff überrascht. Er ist noch nicht lange tot, vielleicht zwei Stunden, höchstens drei. Genauer nach der Obduktion."

„Wir haben also eine Tatzeit sagen wir ab 12.30 Uhr bis 14.30 Uhr", überlegt Thomas.

Die Ärztin berichtete weiter. „Er wurde an einem anderen Ort umgebracht. Wahrscheinlich im Verschlag, und wurde dann hierhergebracht oder man hat ihn über diesen Zaun geworfen. Dies weist auf eine große Kraft hin oder, der Täter hatte Hilfe."

Toni, von der Spurensicherung kam mit einer Plastiktüte auf sie zu.

„Das haben wir im Verschlag gefunden, eine blutverschmierte Boule-Kugel, und hier", er zeigte auf eine zweite Tüte, mit einem blutverschmierten Lappen.

„Da hat der Täter sich die Hände abgewischt. Er wurde mit seiner eigenen Boule-Kugel getötet." In einer dritten Tüte war ein Schuh, der dem Opfer gehörte.

„Das ist dann wohl der Beweis, dass er im Verschlag getötet wurde. Das kommt alles in die KTU. Vielleicht gibt es Fingerabdrücke und DNA-Spuren."

Moltke war mit den Personalien fertig, brachte das Handy und gab es Lindner.

„Das Handy auch."

„Wir werden jetzt die Leutchen befragen, am besten zuerst die ältesten Herrschaften."

„Barbara, du schreibst alles mit", sagte Thomas.

Richard Müller kam als erster dran, er erklärte, dass er lange krank war und heute zum ersten Mal seit langer Zeit beim Spielen wieder dabei sein konnte. Über Herbert Moser konnte er nur sagen, dass er schon jahrelang bei der Gruppe dabei war, ein leidenschaftlicher Spieler mit immer Mal wieder cholerischen Ausbrüchen, aber im Großen und Ganzen ein netter Kerl war. Auf die Frage, wann er am Platz war, meinte er „um ca. 13.30 Uhr. Der Wolfgang Speck und Margarete Fischer waren schon da."

Martin Schneider sagte im Prinzip dasselbe. Er meinte noch, dass Herbert schon gerne gestritten hat, aber eigentlich in Ordnung war. Er war kurz nach halb zwei da.

Margarete Fischer erzählte. „Ich bin sehr gut mit Herbert befreundet, und es hat beim letzten Treffen einen großen Streit zwischen Herbert und Wolfgang Speck gegeben. Sie sind wutentbrannt auseinander gegangen. Der Herbert hat halt immer kritisiert, wenn ein Spieler mal nicht so gut geschossen hat. Aber das war im Eifer des Gefechts. Er meinte es nicht böse."

Margarete fragte, „Kann ich denn morgen in Urlaub fahren?"

„Nein das wird nicht gehen, wir brauchen noch Fingerabdrücke. Wir sind ja erst ganz am Anfang der Ermittlung. Wir werden Bescheid sagen, wenn sie verreisen können."

„Wann sind sie am Platz angekommen?"

„Kurz vor halb zwei, der Wolfgang Speck war schon da."

Pedro Martinez erklärte, dass er beim Boule-Spielen ganz wenig Kontakt mit Herbert hatte, da er meist nach Hause ging, wenn er von der Arbeit kam. „Herbert hat eine kranke Frau, um die er sich kümmert. Ich kenne ihn mehr vom Eisstockschießen. Aber er ist ein guter Spieler, und verlangt das auch von seinen Mitspielern. Was natürlich dann auch Mal Probleme bringt. Man ist ja nicht immer gleich gut." Er erklärte dem Kommissar, dass er mit dem Ehepaar Vogel so um 13.45 angekommen sei.

Clementine Schmied berichtete ungefähr das gleiche. Sie hat den Streit mit Wolfgang auch mitbekommen. „Aber beim nächsten Treffen, ist meist wieder alles gut." Sie war um kurz nach halb zwei da.

Helmut Brand beschrieb den Herbert, als einen Mann mit rauer Schale und weichem Kern. Aber im Großen und Ganzen in Ordnung. Er kenne niemand der ihn umbringen würde. Er war mit Pedro, Gisela und Josef zusammen angekommen gegen 13.45 Uhr.

Gisela und Josef Vogel berichteten von Herbert Moser, dass, er ein guter Boule-Spieler, sehr ehrgeizig sei, und der Streit nicht so ernst gemeint war.

„Das passiert öfter, das darf man nicht so wichtig erachten. Das ist halt, weil er etwas aufbrausend ist. Zu mir hat er nie was gesagt. Zu mir war er immer freundlich", meinte Gisela. Josef bestätigte den Streit.

„Aber da hör ich gar nicht hin."

Harald Jäger bestätigte im Großen und Ganzen, was die anderen erzählt hatten.

„Ich habe immer wieder mit ihm gesprochen, und ihn gebeten, sich nicht so aufzuregen. Aber er kann, konnte halt nicht aus seiner Haut." Harald war auch etwa um 13.30 Uhr hier angekommen.

Wolfgang Speck erzählte, „Ich bin nicht der allerbeste Freund von Herbert, aber sowas schreckliches hat er nicht verdient."

Der Kommissar befragte ihn wegen der Streiterei, und, ob er irgendwas bemerkt hätte, oder jemand beobachtet hätte, als er auf dem Platz angekommen sei.

„Ich habe nichts gesehen, ich war um 13.15 Uhr da und bin sofort in den Verschlag, um den Rechen zu holen, weil die Bahnen wieder mal zerstört worden seien." Er überlegte kurz, „Doch, da hat es komisch gerochen.

Aber jemand Fremdes habe ich nicht gesehen, allerdings habe ich auch nicht darauf geachtet.

Ja, ich habe mich mit dem Herbert gestritten, weil er seine Mitspieler immer so blöd anredet und sie runter macht. Aber ich habe ihn nicht umgebracht." Wolfgang war erschüttert.

„Meine Frau ist nur zufällig hier, sie war noch nie da und wollte nur beim Spiel zuschauen und mich überraschen. Sie kennt niemand in der Gruppe und weiß auch nicht, dass ich eine Beziehung mit Beate Fürst habe. Ich bitte Sie, dass auch nicht zu erwähnen."

Der Kommissar sagte, „Er werde nur die Personalien aufnehmen."

Beate Fürst bestätigte. „Ja es hat einen Streit gegeben, aber das ist nicht so ernst zu nehmen. Der Charakter von Wolfgang ist ähnlich dem von Herbert, und deshalb geraten die beiden manchmal aneinander." Sie sei erst etwas später angekommen, weil sie noch länger arbeiten musste. So gegen 13.40 Uhr. Im Prinzip geht es bei uns nur ums spielen, und um den Spaß. Jedenfalls sind wir keine Mörder."

Die Kommissare waren mit der Befragung fertig. Die Boule-Gruppe wurde für den nächsten Tag ins Kommissariat gebeten, um die Fingerabdrücke zu nehmen. Sie sollten die Stadt nicht verlassen, falls es noch Fragen gäbe. Wenn sie noch relevante Informationen hätten, zum Beispiel, wer einen Grund zu solch einer Tat hätte, sollten sie sich im Kommissariat melden.

Thomas meinte, „Die Tatzeit kann nur zwischen 12.30 und 13.00 Uhr gewesen sein, danach sind die Leute zum Spielen gekommen."

Barbara überlegte, „Eigentlich kann nur der Wolfgang Speck der Täter sein, er hatte Motiv und Zeit. Der war als einziger allein am Platz."

„Aber hat er die Kraft, die Größe, und vor allem die Wut, für eine solche Tat? Und, wo sind die blutverschmierten Kleidungsstücke? Der Mörder wurde sicher mit Blut bespritzt. Ich kann mir nicht vorstellen, dass das eine geplante Tat war. Dass er so abgebrüht ist, hierbleibt, und mit den Leuten Boule spielt. Das glaub ich eigentlich nicht," erwiderte Thomas.

„Hm, da hast du recht, das kann er nicht schaffen. Aber wer war's dann? Irgendein Spaziergänger, der zufällig vorbeikam, und dann den Moser umbringt?"

Thomas wusste darauf noch keine Antwort.

Bei der Absperrung war inzwischen auch ein Wagen des Regionalfernsehens angekommen. Die Schaulustigen machten mit ihren Handys Fotos und Videos. Besonders, als die Leiche abtransportiert wurde. Es war ekelhaft, diese Sensationslust. Die Reporterin versuchte von den Kommissaren Informationen zu bekommen. Aber Thomas Lindner vertröstete die Frau, und meinte, „Es gäbe noch keine Erkenntnisse." Er bat Michael Moltke sich im Park und auf dem Minigolfplatz umzuhören, ob jemand etwas beobachtet hat.

„Wir treffen uns dann im Büro."

„Wir werden jetzt zu der Ehefrau gehen", sagte er zu Barbara. „Hat jemand von ihnen die Adresse von Herrn Moser?" Harald Jäger wusste Bescheid. Der Herbert Moser wohnte in einem Ortsteil, wo alle Straßen, Männer Namen hatten.

Es gab eine Otto--Wilhelm--August--Karl--Straße. Herbert Moser wohnte in der Gustav-Straße.

Das ist immer das Schwerste, den Angehörigen eine solche Nachricht zu überbringen.

16.00

Die Boule Gruppe beschloss, sich noch im *Café Meineid* zusammenzusetzen. Keiner hatte Lust nach Hause zu gehen, und das Café war nicht weit.

Genau gegenüber dem Kurpark in einer, der wunderschönen Villen, die entlang der Straße stehen, ist das Café nun schon im zweiten Jahr in Betrieb und erfreut sich großer Beliebtheit.

Im 19. Jahrhundert, als es in der Stadt noch regen Kurbetrieb gab, wurden diese herrschaftlichen Häuser erbaut. Heute sind die Villen keine Hotels, oder Kurkliniken mehr. Sondern Cafés, Restaurants, Arztpraxen, eine Kunstgalerie, aber auch teure Privatwohnungen sind entstanden.

Das, *Café Meineid*, hatte eine ganz gemütliche Atmosphäre. Jeder Tisch war verschieden. Mal runde, eckige, ovale und quadratische, und alle mit Hohlsaumtüchern eingedeckt.

Auch die Stühle waren unterschiedlich. Einige mit Polster, oder mit Kissen, mal Sessel, mal Stuhl. Auch gemütliche Sofas gab es mit bunten Bezügen. Ebenso erhielt jeder Gast ein anderes Gedeck, meist Sammeltassen und unterschiedliche Gläser.

An den Wänden, die mit rotgoldenen Tapeten ausgestattet waren, hingen schwarz-weiß Fotografien von den Schauspielern, aus der gleichnamigen Fernsehserie. *Café Meineid*, Filmszenen mit Monika Baumgartner, Erich Hallhuber, Luise Kinseher, Kathi Leitner, um nur einige zu nennen.

Auf den Fensterbänken standen alte Kaffeekannen, Kaffeemühlen, alte Zuckerdosen und vieles mehr. Die Besitzer waren freundlich, ja sogar herzlich. Es gab immer selbstgebackenen Kuchen und besten Kaffee. Die kleinen Milchkännchen waren aus Schokolade, und durften aufgegessen werden

Die Spieler bestellten sich zuerst mal einen Schnaps. Auch dieser wurde in kleinen Bechern aus Schokolade serviert.

Wolfgang platzte ärgerlich raus.

„Wer hat denn der Polizei gesagt, dass ich mich mit dem Herbert gestritten habe? Jetzt sieht es so aus, als hätte ich ihn umgebracht." Wolfgang war richtig wütend.

„Das war ich", sagte Margarete. „Aber ich habe nie behauptet, dass du ihn ermordet hast. Ihr seid ja schon ewig wie Hund und Katze. Das ist schon richtig lächerlich."

„Streitet nicht, es ist alles schon schlimm genug", beruhigte Martin die Beiden. Er sah sehr blass aus, und fühlte sich gar nicht wohl. Er war so traurig über den Tod seines Freundes, und konnte Streitereien überhaupt nicht leiden und auch nicht verstehen.

„Ich habe den Herbert am Sonntag am *Eggstätter See* gesehen, berichtete Tini. Mit einer jungen Frau. Sie taten sehr verliebt. Sie haben mich nicht bemerkt. Ich war mit meiner Freundin dort, auf ein Bierchen. Aber ich kenn die Frau. Sie wohnt in der Fischergasse, und ist verheiratet.

Vielleicht hat ihr Mann herausgefunden, dass sie fremd geht, und er hat deshalb den Herbert erschlagen."

„Hast du das den Kommissaren erzählt", fragte Beate.

„Nein, es ist mir gerade erst wieder eingefallen."

„Das musst du auf jeden Fall morgen dem Polizisten sagen."

Helmut fragte die Gruppe. „Was haltet ihr von einer Gedenktafel?"

„Die könnte man an der Linde anbringen, zur Erinnerung an Herbert. Mein Schwager kann sowas machen."

Alle waren begeistert von der Idee, und so war das beschlossen.

Jeder bestellte sich noch einen Kuchen und einen Kaffee und hoffte, dass dadurch Glückshormone freigesetzt werden. Die konnte man auf jeden Fall gebrauchen.

Man überlegte, morgen gemeinsam zur Polizei zu fahren. 10. Uhr war Treffpunkt am Kurpark.

Der Friedhof von Bad Fischbach lag etwas am Stadtrand, ein ruhiges Fleckchen, mit wunderschönen, alten, schmiedeeisernen Grabkreuzen. Er bot für die Trauernden und Besucher, Plätze, Nische, Bänke, eine Oase in der unruhigen Stadt.

Auf einer dieser Bänke, hinter einer Buchshecke, saß der Mörder mit seiner Frau!

Robert und Herta Faust. Sie hatten sich hierher verkrochen. Herta hatte inzwischen die Sprache wiedergefunden. Sie machte ihrem Mann Vorwürfe und jammerte endlos.

„Was hast du getan?

Einen Menschen ermordet, was sollen wir jetzt tun?

Wie wird es weitergehen?

Wir kommen ins Gefängnis.

Oh mein Gott, wie furchtbar, mein Herz, es schlägt wie verrückt."

„Garnichts wird geschehen, niemand hat was gesehen, reg dich nicht auf. Auf uns kommt niemand. Wir sind schon so lange weg, von der Gruppe. Ich, habe so eine Wut bekommen, als ich den Herbert sah. Ich konnte nicht anders. Du musst jetzt Ruhe bewahren, dann wird alles gut. So ein unverschämter Kerl, uns aus der Gruppe raus zu werfen.

Gib mir eine Tüte für den Pulli. Der wird entsorgt.

Ich geh mal Hände waschen, dann gehen wir einkaufen, fahren nach Hause und da kochst du was. Ich habe nämlich Hunger."

Robert war kalt wie die Nacht.

Sie kramte geistesabwesend in ihrer Tasche und zog eine Plastiktüte raus.

„Wie kannst du an Essen denken? Ich bekomme keinen Bissen runter. Du kannst dir selbst was kochen. Ich kann nicht mehr." Dann fing sie an zu schluchzen.

Er stopfte den Pullover in die Tüte und warf sie in den nächsten Mülleimer.

„Hör auf zu heulen, sonst fallen wir noch auf. Reiße dich zusammen. Los komm." Er packte sie am Arm. Sie schnäuzte sich, wischte die Augen und versuchte sich zu beruhigen. Allerdings innerlich zitterte sie, und ihr Herz schlug bis zum Hals. Was wird nun geschehen?

Sie hatte das Gefühl, das Leben wie sie es kannte, war nun vorbei.

Beim Eingangstor zum Friedhof, trafen sie auf einen Mann, der sie freundlich grüßte. Sie gingen aber wortlos an ihm vorüber.

Paul Winter, 67 Jahre alt, graue Haare, etwas füllig um die Hüften. Er lebt in einer kleinen Mietswohnung in Bad Fischbach, und wird in der Stadt nur der Flaschen-Paul genannt.

Das kommt daher, weil er jeden Mülleimer in Bad Fischbach nach Pfandflaschen durchsucht. Man kann es sich ja nicht vorstellen, wie gedankenlos, oder faul seine Mitmenschen sind, und einfach die leeren Pfandflaschen wegwerfen. Obwohl es ja um bares Geld geht. Es kommt ganz schön was zusammen. Paul ist sich nicht zu schade dafür, und es ist ihm auch egal, was die Leute sagen. Es ist ein nettes Zubrot, zu seiner nicht so üppigen Rente. Seine Frau Charlotte ist seit drei Monaten tot. An der, Geisel der Menschheit, Krebs gestorben. Er vermisst sie sehr. Deshalb ist er bei jeder Gelegenheit am Friedhof, an ihrem Grab, und spricht mit Lottchen, und erzählt ihr, was er so treibt und erlebt hat. Auch heute besucht er wieder seine Frau.

„Jetzt hat der Auspuff den Geist aufgegeben, Das Auto ist in der Werkstatt. Das wird teuer. Na, es wird schon gehen. Der Fritz meinte, er macht mir einen guten Preis.

Die Zwillinge von Renate sind auf der Welt. Ein Junge und ein Mädchen. Stefan und Stefanie, so eine blöde Idee. Na ja, mir gefallen die Namen ja nicht. Also allein schon, aber in einer Familie. Na, man muss ja nicht alles verstehen.

Und heut Abend geh ich zum Kartenspielen, mit Sebastian.

Gerade bin ich einem unfreundlichen Ehepaar begegnet, ich habe gegrüßt. Aber die haben es nicht für notwendig gefunden, zu antworten. Ich glaube die Frau hatte geweint. Na, der Kerl war ein grober Klotz. Der hat sie am Arm gepackt. Die hat bestimmt blaue Flecken. Leute gibt's.

Was meinst du, ein paar Rosen wären doch schön? Würde dir das gefallen?

Ja ich glaube das machen wir."

Auch auf dem Friedhof durchsucht er die Mülleimer. Heute findet er einen Pullover in einer Plastiktüte. Im ersten Moment freute er sich. Gute Qualität, und auch seine Größe. Aber dann entdeckte er die dunklen Flecken. Das musste ja nicht sein. Er packt ihn wieder in die Tüte, und wirft sie in die Tonne. Er verabschiedet sich von seinem Lottchen und geht nach Hause.

16.30

Die Gustav-Straße lag in einem ruhigen Stadtteil. Das Haus Nummer 9 hatte einen wundervollen Garten. Ein kleiner Springbrunnen plätscherte munter vor sich hin.

„Da hat aber jemand ein Händchen, und einen grünen Daumen dazu", bemerkte Barbara.

Sie klingelten, und es dauerte nicht lange, als ein etwa 40jähriger Mann die Tür öffnete.

„Grüß Gott, mein Name ist Lindner, meine Kollegin Hafer."

„Werner Moser angenehm."

„Wir sind von der Kriminalpolizei, dürfen wir reinkommen?"

„Polizei, mein Gott ist was passiert? Ist was mit Papa? Kommen sie rein." Er führte sie ins Haus, durch den Flur, ins Wohnzimmer.

Hier war alles liebevoll dekoriert, und geschmackvoll eingerichtet.

Im Wohnzimmer saß, wahrscheinlich die Ehefrau, im Rollstuhl am Tisch, und versuchte ein Sudoku zu lösen.

„Mama das ist die Kripo."

„Ist was mit meinem Mann?   Was ist passiert?   Er wollte schon längst zu Hause sein.   Hatte er einen Unfall?"

Die Frau war sehr aufgeregt.

Die Polizisten stellten sich vor, und Thomas Lindner versuchte die richtigen Worte zu finden.

„Wir haben eine traurige Nachricht für sie. Ihr Mann ist tot. Er wurde ermordet."

„Ermordet", riefen die Frau und ihr Sohn entsetzt.

Frau Moser schluchzte laut und auch der Sohn hatte Tränen in den Augen. Er fragte, „wie ist das geschehen?"

Die Kommissare berichteten die Ereignisse so schonungsvoll wie es ging.

„Wer macht denn sowas?   Warum?   Herbert hat doch niemand was getan."

„Das wäre meine Frage. Wer hätte denn ein Motiv? Gibt es Feinde? Hat er Ärger mit irgendjemand? Haben sie oder ihr Mann Ärger mit den Nachbarn", antwortete Lindner.

„Also ich wüsste nicht, dass jemand einen Grund hat, meinen Mann zu töten. Er ist zwar etwas cholerisch und er regt sich leicht auf. Auch mit den Boule-Partnern hat er manchmal Streit gehabt, weil er auch sehr ungeduldig ist. Doch umbringen, da kann ich mir niemand vorstellen.

Er ist, war, ein wunderbarer Mann, hat mir geholfen und alles für mich gemacht. Wie soll ich denn jetzt allein zurechtkommen?"

Der Sohn legte den Arm um seine Mutter und meinte, „Mama, wir sind ja auch noch da, das werden wir schon schaffen."

Barbara fragte den Sohn, wie sein Verhältnis zu seinem Vater war. Sie müsse das fragen, und, „wo er so um 12. 30 bis 13.00 Uhr war."

„Ich bin Außendienstler, und hatte Kunden in Miesbach besucht. Ich kann ihnen die Namen geben. Mein Vater und ich hatten ein sehr gutes Verhältnis. Als er nicht zur verabredeten Zeit zu Hause war, machte meine Mutter sich Sorgen, und rief mich an. Sie braucht Hilfe für verschiedene Dinge, wie Toilette. Da ich gerade in der Nähe war, kam ich natürlich. Auf dem Handy war er nicht zu erreichen. Er stellt es beim Spielen auf lautlos, so hat wohl auch niemand von den Mitspielern was gehört."

„Wir brauchen den Computer falls er einen hatte", meinte Barbara.

„Ich hol ihn." Er ging ins Nebenzimmer.

„Kann ich meinen Mann noch einmal sehen?" Frau Moser weinte leise.

„Ja natürlich, wir geben ihnen Bescheid, wenn es soweit ist. Hier meine Karte, falls ihnen etwas einfällt was wichtig wäre." Thomas reichte der Frau die Hand, „Es tut mir sehr leid."

Werner Moser kam mit dem Computer. „Ich begleite sie noch raus."

Draußen meinte Werner Moser, „Sie werden es ja doch herausfinden. Mein Vater hatte eine Freundin, seit ungefähr zwei Jahren. Meine Mutter weiß nichts von dieser Beziehung, und ich bitte Sie, wenn es irgendwie möglich ist, auch nichts zu sagen. Sie ist halt schon so lange krank." Er sagte das, wie eine Entschuldigung.

„Ich habe öfter mal als Alibi fungiert, wenn die beiden sich getroffen haben. Allerdings kenn ich die Dame nicht, und weiß auch keinen Namen. Womöglich hat der Ehemann von ihr was rausbekommen, denn, dass sie verheiratet ist, das weiß ich."

„Wir werden sehen, Vielleicht ist was auf dem Computer oder auf dem Handy. Wir werden alles tun, um den Mörder zu finden."

17.30

Im Kommissariat hatte Theresia Stocker schon Kaffee gekocht. Resi, so wurde sie von allen genannt, war die gute Seele der Mordkommission.

Sie ist 35 Jahre alt, hatte natürliche, rote Locken, ist vollschlank, und am liebsten trägt sie Dirndl. Davon hingen in ihrem Schrank eine ganze Menge.

Sie ist von Haus aus neugierig und von Berufswegen sowieso. Resi wusste immer als erste, wenn etwas Interessantes im Präsidium passierte.

Sie ist seit einigen Monaten mit einem Bäcker befreundet, und hat aus diesem Grunde, sehr gute Beziehungen, zu den allerbesten Brezen von Traunstein, die von den Polizisten der Mordkommission, als Butterbrezen heißgeliebt werden. Molly war von seiner Befragung zurückgekehrt, und schlürfte gerade genüsslich eine Tasse Kaffee. Er erzählte Resi vom neuen Fall, als die Kommissare im Büro ankamen.

„Oh, Kaffee, das ist gut, danke Resi." Thomas schenkte sich sofort eine Tasse ein.

Barbara fand das mal wieder absolut großartig, dass sich Thomas für den Kaffee extra bedankte.

Auch sie brauchte jetzt einen, es war ein furchtbarer Tag. Ihr erster Mord seid sie hier ist.

Resi gab ihnen die Auswertung der Telefonliste, die die KTU rüber-
gebracht hatte. Sie hatte schon die Nummer gelb markiert, die der
Tote ziemlich oft angerufen hat.

„Vielleicht ist das die Freundin", vermutete Barbara.

„Überprüf das, und ruf gleich mal an und bestell Sie ins Präsidium,
sag aber nicht, was passiert ist. Nur, dass wir sie für eine Zeugenaussage brauchen."

Thomas besprach mit Molly die Ergebnisse der Befragung im Kurpark. Sie waren absolut unbefriedigend. Niemand hatte was gesehen
oder bemerkt.

Molly überlegte, dass man im Radio oder in der Zeitung vielleicht
einen Aufruf starten sollte.

„Das ist eine gute Idee, schreib einen Text, zeig ihn mir, und Resi soll
ihn an die lokale Presse weiterleiten, damit er morgen in dem, *Traunsteiner Boten*, erscheint."

Barbara wählte die Nummer, und kurz darauf meldete sich eine Frau
Eder.

„Hier spricht Hafer, von der Kriminalpolizei Traunstein. Wir möchten Sie bitten, zu einer Zeugenaussage aufs Präsidium nach Traunstein zu kommen."

„Ja, was ist denn passiert?" Renate Eder bekam einen Schreck.

„Das besprechen wir dann hier. Melden Sie sich bei Frau Stocker an."

„Ich bin beruflich in München, und kann frühestens morgen Mittag
bei ihnen sein, um was geht es denn? Ist was mit meinem Mann?"

„Kommen sie dann eben morgen, sobald es ihnen möglich ist."

Barbara legte auf, und Renate Eder war verwirrt.

Sie rief zuhause an, und fragte ihren Mann, ob alles in Ordnung sei.
Er hatte sich in der Frühe nicht wohlgefühlt.

Auch Manfred Eder hatte keine Ahnung, was die Polizei von Renate wollte, bei ihm war alles in Ordnung, es ging ihm auch wieder besser.

Danach versuchte Frau Eder, Herbert Moser zu erreichen, aber da kam nur die Mailbox. Das war alles sehr merkwürdig. Sie hatte keine Ruhe mehr. Sie musste sehen, dass sie gleich morgen früh heimfahren konnte, und dann sofort zur Polizei kam.

„Der Computer gibt nichts her. Wir machen für heute Schluss", sagte Thomas. Barbara meinte, ich räume noch auf. Auch Resi kramte noch ihre Sachen zusammen.

„Hast du Lust, mit mir auf ein Glas Wein zu gehen", fragte sie Barbara.

„Gerne, aber ich würde auch was essen. Ich habe den ganzen Tag noch nichts Gescheites zwischen die Zähne bekommen."

„Gut, da habe ich eine Idee. Wir gehen in den, Leierkasten, das ist nicht weit von hier, es gibt eine leckere, kleine Karte und dort ist immer großartige Musik."

„Das hört sich gut an, eine Viertelstunde brauch ich noch."

18.30

Der, Leierkasten, war ein nettes, kleines Bistro in Traunstein. Konrad Wagner, der Besitzer, hatte den Leierkasten in Holland aufgetrieben. Er war aus dem 19. Jahrhundert, und noch funktionstüchtig. Obendrauf saß ein lustiger Affe, mit einem Körbchen. Manchmal gab es die sogenannten, Leierkastenabende. Dann spielte Konny für seine Gäste.

Er zog einen alten, schwarzen Anzug an. Ein weißes Hemd und eine Fliege. Am Kopf trug er einen Zylinder, Das war der Hit.

Das Bistro bot lokalen Bands die Möglichkeit, aufzutreten.

Ab und zu gab es auch Diavorträge oder Kabarettisten unterhielten das Publikum.

Heute spielte die Band von Thomas Lindner, *The Coins*, die ausschließlich die Songs von den, Beatles, spielten.

Als Resi und Barbara beim, *Leierkasten*, ankamen, schwappte die Stimmung schon über. Sie bekamen noch einen Platz an der Bar. Als sie sich umschauten, entdeckten sie ihren Chef, Thomas Lindner, auf der Bühne.

Er sang gerade *Yesterday*. Sie waren beide begeistert.

Thomas hat eine großartige Stimme.

Am Ende des Konzertes gab es noch *Hey Jude*. Da war die Stimmung am überkochen. Die Feuerzeuge gingen an, das Licht ging aus, und alle sangen mit.

Es war ein gelungener Auftritt.

Nach dem Konzert dauerte es nicht lange, und Thomas setzte sich zu Resi und Barbara an die Bar. Sie redeten und lachten miteinander bis spät in die Nacht. Thomas meinte, mit der Musik könne er gut abschalten, und die schreckliche Seite seines Berufs vergessen. Barbara konnte das sehr gut nachvollziehen, auch sie hatte den ganzen Abend nicht mehr an den Mord gedacht.

„Es ist spät", meinte Resi „ich geh jetzt nachhause."

„Ich fahr euch natürlich heim", bot Thomas sich an.

„Das wäre super", antworten beide aus einem Mund.

Als Thomas Barbara vor ihrer Wohnung absetzte, sagte er, „das war ein schöner Abend. Vielleicht können wir das mal wiederholen."

„Ja, das machen wir", antwortete Barbara glücklich.

Thomas dachte, das war wirklich nett. Mit der kann man gut reden. Und hübsch ist sie auch noch, und nicht dumm. Das habe ich noch gar nicht bemerkt.

Bei dem Ehepaar Faust verlief der Abend nicht so harmonisch. Die Herta weinte die ganze Zeit. Er beschimpfte seine Frau endlos. Er

war wütend und verstand seine Herta nicht, warum sie ihm unentwegt Vorwürfe machte. Er ging beleidigt zu Bett und seine Frau
drehte ihm den Rücken zu und schluchzte in ihr Kopfkissen.

Donnerstag

In dieser Nacht hatte Barbara herrlich geschlafen.

Endlich hat er mich als Frau wahrgenommen. Sie duschte ausgiebig, zog sich sorgfältig an, und machte sich ein Müsli mit Obst, und kochte sich einen Früchtetee. Mehr gab es nicht. Denn im Büro trank sie Kaffee, und Butterbrezen bringt die Resi sicher auch wieder mit.

Dadurch, dass Thomas sie heimgefahren hatte, stand ihr kleiner Peugeot noch beim Präsidium. Deshalb ging sie heute zu Fuß.

Auf dem Kommissariat studierte Thomas schon den Bericht der KTU. Fingerabdrücke des Mörders gab es einige. Jetzt brauchen wir nur noch den Mörder, dachte er.

Die Blutspuren waren alle vom Opfer, der Täter hat sich anscheinend bei seinem Angriff nicht verletzt.

Resi kam mit der Zeitung, und einer Tüte Butterbrezen herein.

Sie dufteten verführerisch.

„Guten Morgen, Kaffee ist gleich fertig." Sie trug heute ein blaues Dirndl, was ihr sehr gutstand.

Barbara betrat ebenso das Büro. Sie war etwas nervös. Wie wird er sich mir gegenüber verhalten.

Aber sie hatte gar keine Zeit groß nachzudenken, oder ihn zu beobachten, denn gleich hinter ihr kam eine Frau, die fragte, ob hier die Frau Stocker wäre. Sie solle sich bei ihr melden.

Resi empfang die Dame, die sich als Renate Eder vorstellte.

Frau Eder war groß, ca. 175 cm, schlank, etwa. 45 Jahre alt, hatte schwarze, kurze Haare, die irgendwie streng wirkten. Sie trug ein sehr elegantes, schwarzes Kostüm, und eine weiße Bluse. Auf ihrer zierlichen Nase saß eine schwarze Brille, und die schwarzen, modischen Schuhe sahen teuer aus. Sie wirkte sehr beunruhigt und nervös.

Resi führte sie zu den Kommissaren.

„Kann mir jemand sagen, was eigentlich los ist.? Was soll ich hier?"

„Wir haben ihre Telefonnummer vom Handy vom Herrn Herbert Moser, kennen Sie den Herrn?"

Renate war jetzt doch überrascht und zögerte etwas. „Ja?"

Sie zog das---Ja---in die Länge.

„Ja, das ist ein Bekannter von mir."

„Herr Moser wurde gestern ermordet aufgefunden."

„Ermordet", schrie Frau Eder.

„Ja um Gotteswillen, -----wieso? ----warum? -----wer? -----wo?"

Sie brach in Tränen aus.

„Wir müssen sie das jetzt fragen.

Sie waren die Geliebte des Ermordeten, wo waren sie gestern um 12.30 - 13.00 Uhr?"

Frau Eder schluchzte laut.

„In München, in einer Besprechung. Das können mindestens zehn Leute bezeugen. Wieso sollte ich ihn umbringen, er war ein sehr guter Freund."

„Weiß ihr Mann von ihrer Freundschaft", fragte Barbara.

„Nein, mein Mann weiß davon nichts. Bitte lassen Sie ihn da raus."

Sie weinte wieder.

„Das wird nicht möglich sein. Wir müssen ihn befragen. Falls er doch von ihrer Beziehung gewusst hat, hätte er ein Motiv."

„Wo können wir ihren Mann erreichen", fragte Barbara.

„Oh mein Gott, muss das sein. Er wird es nicht verstehen. Er hat nichts damit zu tun.

Er arbeitet in der Reha-Klinik in Bad Endorf in der Verwaltung", brachte sie zögernd heraus.

„Wenn er in der Arbeit war, hat er bestimmt Zeugen, und nichts zu befürchten", versuchte Barbara, Frau Eder zu beruhigen.

„Aber er war gestern krank, und lag im Bett." Sie war verzweifelt.

„Haben sie einen Verdacht, wer Herrn Moser nach dem Leben trachten könnte, hat er jemals erzählt, dass er bedroht wird, oder hatte er Ärger mit jemanden?"

Sie überlegte kurz. „Nein, in diese Richtung hat er nie etwas erwähnt."

„Bitte halten Sie sich zur Verfügung, und falls ihnen etwas Wichtiges einfällt, melden Sie sich."

Molly kam herein.

„Herr Moltke bringen sie die Dame bitte zum Kollegen, um die Fingerabdrücke zu nehmen."

„Na, das ist mal ein seltsames Pärchen, sie elegant und noch relativ jung, und er schon alt und eher einfach gestrickt. Das soll einer begreifen."

„Er wird schon was gehabt haben, was sie bei ihrem Mann nicht gefunden hat."

„Was meinst du damit, was hat sie bei ihm gefunden?"

„Das kann ich dir nicht sagen, da musst du Frau Eder fragen. Aber es hat sicher was gegeben, sonst hätte sie ihren Mann nicht betrogen."

„Ich brauche jetzt einen Kaffee." Thomas strich Barbara über den Rücken. „Trinkst du einen mit?"

Barbara wurde rot, „Gerne."

Resi hatte die Scene beobachtet und grinste.

Auf dem Flur des Kommissariats wurde es laut.

Die Boule-Gruppe war angekommen.

Tini klopfte bei Frau Stocker. Sie müsse unbedingt mit dem Kommissar sprechen, ihr wäre noch was eingefallen.

Tini wurde zum Kommissar geführt, und sie platzte gleich mit ihren Informationen über Herbert raus, dass sie ihn mit einer verheirateten Frau am *Eggstätter See* gesehen hat, und dass vielleicht der Ehemann der Mörder ist, weil er das Verhältnis entdeckt hat.

Thomas Lindner nahm ihre Aussage zur Kenntnis und sagte ihr, „Wir ermitteln in alle Richtungen."

Tini war etwas enttäuscht, dass ihre Beobachtungen nicht mehr gewürdigt wurden.

Sie informierte den Kommissar außerdem, dass Martin Schneider nicht da sei, weil es ihm nicht gut ginge.

Danach ging sie zu dem Polizisten, der die Fingerabdrücke abnahm.

„Wir werden dem Herrn Eder jetzt einen Besuch abstatten", stellte Thomas klar.

„Kommst du?" fragte er Barbara.

Sie hatte ihn gerade heimlich beobachtet und fand, dass, das blaukarierte Hemd, ihm am besten stand. Sie wurde schon wieder rot, als er sie ansprach.

Thomas lächelte. „Das steht dir." „Was?" fragte sie. „Wenn du rot wirst."

„Du bist unmöglich." Sie musste lachen.

Die Boule-Spieler beschlossen zum Mittagessen in einen Biergarten zu gehen.

Helmut berichtete, „Wir stehen in der Zeitung. Sie suchen Zeugen, die vielleicht etwas beobachtet haben."

„Das ist eine traurige Berühmtheit, darauf könnte ich verzichten", meinte Gisela.

„Habt ihr mal nochmal überlegt, wer der Mörder sein könnte, also ich habe keine Idee. Ob das wirklich der Ehemann der Geliebten war? Ehrlich, das war doch jemand mit einer Mordswut im Bauch."

„Habt ihr den Kopf gesehen, der war doch nur noch Matsch."

„Helmut, hör auf, das ist ja schrecklich." Beate war entsetzt.

„Wir wissen ja nicht viel, über das Privatleben von Herbert. Da gibt es vielleicht noch andere Leute, die eventuell einen Grund haben, den wir nicht kennen."

„Ach, hier habe ich die Gedenktafel, ich finde sie ist sehr schön geworden."

Helmut zeigte ihnen ein cremefarbenes Schild, mit schwarzer Schrift.

„Zum Gedenken an Herbert Moser der hier gestorben ist. Wir werden dich nicht vergessen. Deine Boule-Freunde. "

„Das ist wirklich gut geworden. Sag deinem Schwager herzlichen Dank." Richard hatte Tränen in den Augen.

„Wie machen wir es morgen? Spielen wir", fragte Margarete.

„Ich denke schon. Es werden sicher noch die andern kommen, die gestern nicht da waren, und wollen informiert werden. Wir spielen in Gedenken an Herbert", meinte Helmut.

„Wir werden die Gedenktafel nachher anbringen, dann sehen es morgen alle."

Gisela sagte, „Ich habe auch noch Blumen dabei."

Tini und Beate meinten, „Wir auch."

Thomas und Barbara kamen in der Reha-Klinik an.

„Wir versuchen, nichts, von der Beziehung der Ehefrau mit dem Opfer, zu erwähnen. Das muss sie schon selbst machen, finde ich."

Bei der Rezeption fragten sie nach Herrn Eder.

Die Dame telefonierte kurz, und informierte die Beiden.

„Herr Eder kommt sofort."

Es dauerte nur wenige Minuten, als ein eleganter Herr in grauem Anzug und schwarzem Hemd auf sie zu kam. Er war ungefähr so alt wie seine Frau, allerdings schon ergraut, was ihm sehr gut aussah, obwohl er höchstens 45 Jahre alt sein konnte. Er trug ebenso eine modische, schwarze Brille und war sehr groß, mindestens 180 cm. Er begrüßte die beiden Kommissare. „Manfred Eder, was kann ich für sie tun?"

„Wir ermitteln in einem Kapitalverbrechen, und brauchen ein paar Informationen.

Wo waren sie gestern, so gegen 12.30 bis 13.00 Uhr?"

„Ein Kapitalverbrechen? Ja was habe ich damit zu tun?"

„Würden sie bitte die Frage beantworten." Thomas klang ziemlich streng.

„Ich war zu Hause im Bett, weil es mir nicht gut ging. Ich hatte Magenprobleme."

„Haben sie dafür Zeugen?

Vielleicht ein Nachbar, oder der Postbote, ein Bekannter, ein Handwerker, oder der Gasmann, ein Stromableser?"

„Nein, natürlich nicht, was soll das?"

„Kennen Sie Herrn Herbert Moser? Waren sie gestern im Kurpark?"

„Nein verdammt nochmal, der Name sagt mir nichts. Haben sie meine Frau auch danach gefragt? Die wird ihnen genauso wenig helfen können. Wir haben nichts damit zu tun."

„Herr Moser wurde gestern im Kurpark ermordet. Ihre Frau kennt den Herrn. Es könnte sein, dass sie ihn auch kennen, und uns, aus bestimmten Gründen, nicht die Wahrheit sagen.“

„Ermordet? Was für Gründe? Meine Frau? Ich verstehe kein Wort.“

„Das wird ihnen ihre Frau erklären, bitte verlassen sie nicht die Stadt, falls wir noch Fragen haben. Wir bitten Sie, so bald wie möglich aufs Präsidium zu kommen, damit wir zur Abklärung ihre Fingerabdrücke nehmen können.“

„Ich kann erst nach der Arbeit.“ Die Stimme von Eder hatte keine Kraft mehr. Er war fertig.

Sie ließen einen völlig verstörten Manfred Eder zurück.

Er ging sofort ins Büro, und versuchte seine Frau zu erreichen. Die ging aber nicht ans Telefon.

Er konnte sich nicht mehr auf seine Arbeit konzentrieren. Er beschloss, nach einiger Zeit Schluss zu machen, und nach Hause zu fahren.

Er musste wissen, was los war.

Thomas und Barbara fuhren wieder ins Präsidium.

Die Vroni, die Gerichtsmedizinerin hatte sich gemeldet.

Paul Winter saß gerade bei einem Espresso, und studierte den *"Traunsteiner Boten"*. Er war heute noch gar nicht dazu gekommen, Zeitung zu lesen. Bei der Regionalseite stutzte er.

Mord im Kurpark

Gestern, gegen 14.30 Uhr wurde die. Leiche von H. M. im Kurpark von Bad Fischbach aufgefunden. Falls jemand etwas Merkwürdiges beobachtet hat, oder etwas Verdächtiges aufgefallen ist, vor oder nach diesem Zeitpunkt, soll er sich melden.

Sachdienliche Hinweise an die Mordkommission Traunstein. Tel. 1224466800

Er überlegte lange.

Dieser Pullover!   Diese Flecken!   Dieses Ehepaar!

War das merkwürdig?   War das verdächtig?   Einzeln betrachtet nicht, aber zusammen gesehen. Er musste überlegen.

Diese dunklen Flecken könnten Blut gewesen sein. Irgendwie war der Pulli noch warm und etwas feucht, als wenn er gerade weggeworfen worden wäre.

Und diese Leute wirkten wirklich sehr verstört, besonders die Frau. Sollte er Meldung machen?   Würde er sich blamieren? Womöglich war der Papierkorb schon geleert worden. Er war sich nicht sicher und überlegte nochmal lange.

Im Präsidium klingelte unentwegt das Telefon. Die Zeitungsmeldung hat die Leute aufgescheucht, und Molly musste versuchen, die wichtigen Anrufe, von den unwichtigen zu unterscheiden. Die meisten wollten sich nur einen Spaß machen. Das war ärgerlich und zeitraubend.

Vroni berichtete den Kommissaren ihre Ergebnisse.

„Der Todeszeitpunkt war genau wie vermutet, zwischen 12.30 und 13.00 Uhr. Der Schädel wurde mit großer Kraft zertrümmert. Mit mindestens zehn Schlägen. Das Opfer hatte keine Möglichkeit sich zu wehren. Er wurde wahrscheinlich überrascht. Es muss ein großer, starker Mann gewesen sein. Eine Frau hätte nicht die Kraft dazu. Er war Rechtshänder. Die Tat fand im Verschlag statt. Danach hat der Täter die Leiche über den Zaun geworfen. Die KTU hat dort Spuren gefunden. Auch das fordert sehr viel Kraft, gepaart mit Wut.

Molly telefonierte gerade mit einem Paul Winter, der bis jetzt die interessantesten Informationen hatte.

Als Thomas und Barbara aus der Gerichtsmedizin zurückkamen, berichtete er die Beobachtungen des Zeugen, den Kommissaren, und machte dann ein Treffen mit Paul Winter beim Friedhof von Bad Fischbach aus.

„In einer Stunde am Eingang", sagte Molly.

Paul Winter war sehr aufgeregt. Womöglich konnte er der Polizei helfen. Hoffentlich ist die Tüte noch da. Er musste sich beeilen. Er hatte ja kein Auto, und der Friedhof war ungefähr in einer halben Stunde zu Fuß zu erreichen.

„Die KTU hatte das Ergebnis der Fingerabdrücke geschickt, keine Übereinstimmung mit denen auf der Kugel. Bis jetzt haben wir nicht wirklich viel, eigentlich überhaupt keine Ergebnisse." Thomas war etwas verzweifelt.

Manfred Eder fuhr so schnell er konnte nach Hause. Er beging einige Verkehrsübertretungen. Eine rote Ampel war auch dabei. Aber das war ihm egal.

Da stimmt was nicht, das spürt er.

Sein Haus in der Fischergasse, hatte eine blass-gelbe Fassade. Der Garten, den er mit seiner Frau bearbeitet, bestach durch runde, quadratische, rechteckige und rautenförmige Beete, mit Blumen nur in Weiß, immer nur eine Sorte. Um die Beete herum, gab es niedrige Buchshecken. In der Mitte des Gartens, hatten sie sogar einen kleinen Irrgarten angelegt. Insgesamt eine eigenwillige Komposition.

Der Innenbereich des Hauses war in Weiß, Grau und Schwarz gehalten. Möbel, Teppiche, Vorhänge, Dekoartikel alles perfekt aufeinander abgestimmt. Normalerweise lief das Radio mit klassischer Musik, aber im Moment herrschte eine Totenstille.

In der. modernen, grauen Küche, am ovalen, schwarzen Tisch, saß Renate mit einem Weinglas, und weinte.

„Was ist denn eigentlich los? Die Polizei war bei mir, in der Arbeit. Kannst du dir vorstellen, wie peinlich das war?

Und angeblich kannst du mir alles erklären."

„Willst du auch einen Wein?" Renates Stimme zitterte.

„Nein ich will keinen Wein, ich will wissen was los ist."

Er wurde laut.

„Ich erzähl dir alles", schluchzte Renate.

„Weißt du noch, vor ungefähr zwei Jahren, die Ausstellung im Kunstverein, von *Brynolf Wennerberg*? Die wollte ich mir gerne ansehen, aber du hattest keine Lust. Also bin ich allein hin geradelt. Es war sehr interessant, und ich habe mich mit einem Herrn über den Künstler unterhalten. Dass er aus Schweden kommt, und in Bad Aibling, ganz in der Nähe von Bad Fischbach, beerdigt ist und so weiter. Als ich heimfahren wollte, stellte ich fest, dass mein Rad einen Platten hat, und der Herr bot mir seine Hilfe an, und fuhr mich nach Hause. Außerdem hat es auch noch zu regnen angefangen. Wir verstanden uns gut, und so machten wir ein Treffen aus. Dann noch eins und, na ja, wir trafen uns regelmäßig. Er heißt Herbert Moser, hat eine kranke, behinderte Frau, und ist oft einsam und ich, ich bin auch oft allein. Und nun ist er tot."

„Wieso allein? Du hast doch mich."

„Du interessierst dich nicht für das, was mir gefällt, und gehst oft zum Kartenspielen oder Golfen."

„Ach, jetzt bin ich auch noch schuld, dass du eine Affäre hast.-Oh, jetzt verstehe ich. Dieser Herbert ist ermordet worden, und ich habe ihn umgebracht, weil er der Geliebte meiner Frau ist."

„Na wunderbar, jetzt bin ich nicht nur der Betrogene, sondern auch noch ein Mörder. Und ein Alibi habe ich auch nicht. Prima, ich weiß nicht, was ich dazu sagen soll. Bist du verrückt geworden? Wo hast du mich da reingeritten? Hättest du nicht mit mir reden können?

Ich muss raus. Ich brauch frische Luft."

Er schrie sich den Ärger von der Seele, und rannte raus, sprang ins Auto, und fuhr davon.

Wohin wusste er nicht, nur weg, weit weg.

Renate weinte laut, „Was habe ich getan? oh mein Gott, was habe ich getan?"

Sie war wirklich verzweifelt.

Paul stand schon zehn Minuten vor dem Eingangstor des Friedhofs, als endlich ein Polizeiauto anrollte. Der Polizist stellte sich vor, und sie gingen gemeinsam zu dem Mülleimer.

Die Plastiktüte war noch da. Gott sei Dank!

Moltke zog Handschuhe an, und fischte die Tüte aus der Tonne. Er untersuchte den Pullover.

„Das könnte tatsächlich Blut sein."

„Sie haben die Sachen angefasst, deshalb brauchen wir Ihre Fingerabdrücke zum Abgleich.

Sie haben das Ehepaar gesehen. Vielleicht können wir ein Phantombild erstellen. Es wäre gut, wenn sie so schnell wie möglich aufs Präsidium kommen."

„Ja natürlich, aber ich habe mir die beiden nicht so genau angesehen, eher flüchtig. Aber wir können es versuchen. Morgen in der Früh, ist mein Auto fertig, reicht das?"

„Ich denke schon. Bis dahin wissen wir auch, ob die Flecken Blut sind, und vom Opfer stammen. Ich bitte Sie, zu niemanden ein Wort, das kann die Ermittlungen behindern. Danke für Ihre Mühe." Sie verabschiedeten sich.

Paul ging noch zu Lottchen an das Grab. Ihr wird er die Geschichte erzählen können. Sie wird sicher nichts verraten.

Nach dem Manfred Eder ewig ziellos herum gefahren war, landete er in Traunstein vor dem Polizeipräsidium.

Er hatte keinen Sinn für die wunderbare Landschaft. Die regte ihn heute furchtbar auf, und die ewig lachende Sonne empfand er als Hohn. Er hatte im Moment kein Sinn für die Schönheit der Natur.

Die Kriminalpolizei, ein hässliches Gebäude, kam seiner Stimmung eher entgegen. Er meldete sich bei Frau Stocker an.

Thomas begrüßte ihn. Er war sehr angespannt und legte gleich los.

„Ich habe soeben von dem Verhältnis meiner Frau und dem Ermordeten erfahren. Ich schwöre, ich habe nichts mit dem Mord zu tun. Ich hatte wirklich keine Ahnung."

„Wir machen jetzt die Fingerabdrücke und, wenn sie einverstanden sind, einen DNA-Test. Dann sehen wir weiter", beruhigte ihn Thomas.

Molly kam mit seiner Plastiktüte und berichtete vom Treffen mit Paul Winter.

„Das war wenigstens kein Schuss in den Ofen. Vielleicht endlich mal ein Durchbruch", hoffte Thomas.

Molly kümmerte sich darum, dass der Pullover in die KTU kam.

„Hättest du Lust mit mir ins Kino zu gehen?" fragte Thomas plötzlich.

Barbara war überrascht, und wurde mal wieder rot.

„Gerne."

„Gut ich hol dich um 19.00 Uhr ab. Es geht um 19.45 Uhr los."

„Was gibt es denn? Hoffentlich keinen Krimi", schmunzelte Barbara

„Nein, *der Vorname*, der Film soll absolut super sein."

„Ja, das habe ich auch schon gehört. Ich freu mich, bis später."

Was zieh ich bloß an, war das einzige, was Barbara jetzt denken konnte.

An der alten Linde hatten sich die Freunde von Herbert versammelt.

Helmut befestigte die Gedenktafel am Baum und die Frauen legten die Blumen nieder.

Richard sagte ein paar liebe Worte und dann stand man noch eine Weile still da. Plötzlich hatte sich alles verändert. Nichts war mehr wie es war.

Das Kino, in das Thomas Barbara führte, war ein besonderes.

Klein, kuschelig mit dunkelroten Plüschsesseln. Für die Füße hatte Siegfried, der Besitzer, kleine Schemel gezimmert.

Wohnzimmer-Kino, nannte es sich. An jedem Platz gab es ein kleines Tischchen mit Klingel, wo man sich Sandwiches und Getränke bestellen konnte, oder auch nicht. Das erledigte man bevor der Film anfing. Es passen auch nur zwanzig Leute in das Kino rein. Deshalb sollte man unbedingt reservieren. Nach dem Film blieb man sitzen, und konnte sich mit den anderen Zuschauern über das Gesehene unterhalten und diskutieren. Jetzt durfte auch wieder was bestellt werden. Die Kinobetreiber kamen aus Trier, und hatten dort dieses Konzept kennengelernt, und fanden es großartig. Als Siegfried und seine Frau Brunhilde nach Bayern kamen, sie macht übrigens die Sandwiches, wollten sie so ein Kino eröffnen, und bis jetzt läuft es sehr gut. Barbara, war begeistert vom Film und vom Kino. Sie blieben noch eine ganze Zeit, und sprachen und lachten über den Film.

Als Thomas Barbara nach Hause gebracht hatte, dachte er, wieder so ein netter Abend, ich glaube, ich verliebe mich gerade in meine Kollegin.

Ob das so eine gute Idee ist?

Freitag

Thomas hatte eine unruhige Nacht.

Zuerst träumte er von einem brutalen Mörder, und wachte schweiß-gebadet auf. Danach träumte er wieder. Diesmal von Barbara, die seine Liebe nicht erwiderte. Es war furchtbar.

Nach einer heißen, und danach eiskalten Dusche fühlte er sich besser. Er holte ein rotkariertes Hemd aus dem Schrank, aß ein Toast mit Honig, einen mit Holunderblüten-Gelee, und trank Kaba dazu.

Das musste ja niemand wissen. Seine Oma hatte für ihn immer Kaba zubereitet. Seitdem gibt es keine Alternative mehr.

Nur im Büro trinkt er Kaffee, und dorthin machte er sich auf den Weg.

Barbara dagegen hatte wieder sehr gut geschlafen. Sie träumte wunderschön von einer glücklichen Zukunft mit Thomas.

Seit einer Stunde ist Resi im Präsidium. Sie stöhnte. Das Telefon klingelte, seit sie zur Tür reinkam, ununterbrochen.

„Wo bleibt der Molly? Das ist sein Job."

„Bin schon da." Frohgelaunt betrat der Gesuchte, das Büro. „Ich übernehme."

„Hast du einen Clown verspeist", fragte Thomas.

„Wann kommt der Winter?"

„Wenn sein Auto fertig ist. Der ist zuverlässig, der kommt schon."

Resi rief, „Der Bericht von der KTU ist da. Es ist tatsächlich das Blut des Toten, Volltreffer."

Molly hatte eine Dame am Apparat, die ihm eine Geschichte von einem Ehepaar erzählte, das sich auffällig benahm. Er wollte sie gerade abwimmeln, als ihm noch einfiel zu fragen, wo sie das Paar gesehen hätte.

„Im Supermarkt am Friedhof", erklärte die Frau.

Das kann doch kein Zufall sein, dachte er.

„Kommen sie bitte ins Präsidium. Wir brauchen genauere Angaben. Mit wem spreche ich?"

„Gundula Metzger ist mein Name, ich kann in einer Stunde bei ihnen sein."

„Gut, melden Sie sich bei Frau Stocker."

Das Haus von Herta und Robert Faust stand im Forellenweg in Altherrenberg. Das Dorf gehört zu Bad Fischbach, möchte aber eigentlich lieber eigenständig sein. Es war ein ganz normales Einfamilienhaus. Nichts Spektakuläres. Der Garten bot alles, was es an Gemüse anzubauen gibt. Salat, Karotten, Blumenkohl, Zwiebeln, Zucchini, Kartoffeln, ja sogar Auberginen. Ansonsten ein Rasen, und am Rand Blumenrabatten. In den Blumenrabatten standen unzählige Gartenzwerge. Robert liebte die Gartenzwerge, und Herta liebte ihren Gemüsegarten.

Doch im Moment hatte sie keinen Blick dafür. Sie hatte andere Sorgen.

Robert und Herta saßen beim Frühstück in der Küche. Er vertilgte die dritte Scheibe Brot, dick belegt mit Wurst und Käse, und hatte die Zeitung aufgeschlagen.

„Heute steht nichts drin, nur gestern der Aufruf, ob jemand was beobachtet hat."

Herta stocherte im Joghurt herum. Sie brachte einfach nichts runter. Immer wieder musste sie weinen.

„Jetzt hör endlich mit dem Heulen auf. Die Mayerin hat mich schon gefragt, was los ist. Ich habe ihr erklärt, dass du so große Schmerzen hast. Sie hat schon gemeint, ob wer gestorben ist. Ha, das ist ein guter Witz."

Er amüsierte sich prächtig.

„Was ist nur mit dir geschehen? Hast du kein Gewissen? Ich verstehe dich nicht mehr. Du hast einen Menschen umgebracht", schrie sie.

„Ich würde mich gleich auf die Straße stellen, und es allen erzählen."

„Wir müssen uns bei der Polizei melden, und uns anzeigen. Das ist der einzig, richtige Weg."

„Du spinnst, es geht alles so weiter wie bisher. Nichts wird passieren, beruhig dich endlich, reg dich ab."

„Ich leg mich wieder ins Bett, mir gehts nicht gut."

Ich muss sie wieder in die Spur bringen, sonst passiert noch ein Unglück, dachte er.

Konrad Wagner freute sich. Er machte sich gerade auf den Weg zum Bahnhof. Sein Sohn Stephan wollte auf einen Kurzbesuch vorbeischauen. Eigentlich war es nur sein Ziehsohn. Die Eltern von Stephan sind bei einem Autounfall ums Leben gekommen. Und da Konrad und seine Frau, die besten Freunde der Verunglückten waren, nahmen sie den kleinen Stephan an Kindesstatt an. Als Karin, die Frau von Konrad, dann auch noch starb, wurstelten die beiden sich so durch. Konny dachte immer wieder, dass sie das gut hinbekommen haben.

Stephans Zug kam pünktlich an, und sein Gepäck war auf ein Bild geschrumpft. Die anderen Werke hat er verkauft. Die Ausstellung war ein voller Erfolg für ihn geworden. Sie freuten sich beide, umarmten sich, und Stephan platzte gleich mit den guten Neuigkeiten raus. Konny war sehr stolz auf seinen Sohn.

„Das müssen wir feiern."

In der Küche vom, *Leierkasten,* saßen sie dann beieinander und jeder erzählte seine Erlebnisse. Dazu gab es Zucchini mit Käse überbacken, Weißbrot und ein Gläschen Wein. Stephan war Vegetarier. Konrad erzählte vom Konzert, von der großartigen Stimmung, vom Kommissar, der so wunderschön singt und der jetzt einen Mord aufzuklären hat.

„Einen Mord", fragte Stephan.

„Ja am Mittwoch, um die Mittagszeit, im Kurpark, von Bad Fischbach, bei der Boule-Bahn.

Er wurde erschlagen. Es muss ziemlich brutal gewesen sein."

Stephan wurde nachdenklich. „Also ich weiß nicht, der Zug hat ja eine Haltestelle am Kurpark. Meine Bilder wären fast umgefallen, da habe ich zum Fenster rausgeschaut, und bei den Bahnen ein auffälliges Paar gesehen.

Er war ziemlich grob zu seiner Frau, und sie wirkte völlig verstört. Das muss so um 13.00 Uhr gewesen sein. Ich kann im Fahrplan nachschauen."

„In der Zeitung gab es einen Aufruf, ob jemand etwas Merkwürdiges oder Verdächtiges bemerkt hat. Womöglich ist deine Beobachtung wichtig. Weißt du was, ich muss sowieso für heut Abend noch was herrichten. Du gehst zu Kommissar Lindner, erzählst was du gesehen hast, und später kannst du mir an der Bar helfen. Denn heute ist, *Leierkastenabend,* da ist die Hölle los. Da wirst du staunen. Es kommt sehr gut bei den Leuten an. Das Präsidium ist nur die Straße runter, so 300 m. Ein graues, hässliches Gebäude auf der linken Seite.

Sag, du kommst von Konny."

Paul Winter ist in der Zwischenzeit im Präsidium angekommen, und fand es sehr spannend, dass er ein wichtiger Zeuge bei einem Mordfall war.

Die Kommissare befragten ihn noch einmal zu dem besagten Ehepaar. Er beschrieb sie so gut er konnte.

„Wir wollen versuchen, ein Phantombild zu zeichnen. Nachher kommt noch eine Zeugin, die wahrscheinlich dasselbe Paar beobachtet hat. Da könnten Sie sich gegenseitig ergänzen. Haben sie Zeit, solange zu warten?"

„Ja gerne."

„Nehmen sie bitte draußen Platz, Frau Stocker bringt ihnen einen Kaffee."

Es dauerte nicht lange, und Gundula Metzger rauschte durch das Präsidium. Anders kann man es nicht nennen.

Eine ca. 50-jährige Frau, feuerrote Locken, die bis zur Hüfte reichten, mit lila Streifen. Einen Hut mit einer riesigen Straußenfeder, Ohrringe, Nasenringe, Lippen-Piercing, Ketten, Armreife, Fußkettchen, ein wallendes, ein rosafarbenes, nein, ein pinkfarbenes Kleid, barfuß, aber mit Tattoo. Eine Schlange wand sich um ihren Fuß und die Wade. Ein sehr süßes Parfum umgab sie. Es klingelte bei jedem Schritt. So betrat sie das Büro von Resi, und verlangte, die Kommissare zu sprechen.

Resi blieb der Mund offenstehen. Ein Wesen aus einer anderen Welt, dachte sie.

Thomas fing sich recht schnell, und bat sie, zu erzählen, was sie beobachtet hatte.

„Also aufgefallen sind sie mir deshalb, weil der Kerl so grob zu seiner Frau war. Er zerrte sie durch den Markt, die Frau heulte die ganze Zeit, und er redete ununterbrochen auf sie ein."

„Sie soll sich zusammennehmen, du bringst uns noch in Teufels Küche, wenn du so weiter machst, fallen wir auf. Sie war verstört, und er ein böser Mensch, hatte ein rotes Gesicht und verschwitzte Haare. Ein riesengroßer Mann.

Thomas meinte, „Wir haben noch einen Zeugen, der ein auffälliges Paar gesehen hat.

Wir wollen ein Phantombild erstellen. Können sie hierbleiben und uns helfen?"

„Selbstverständlich."

„Gut, Herr Moltke wird sie bringen, vielen Dank, dass sie sich gemeldet haben."

Gundula entschwand mit Molly, und hinterließ eine intensive Duftwolke.

„Ja, die Menschen sind verschieden", grinste Barbara.

„Das könnte der Durchbruch werden." Thomas rieb sich die Hände. Vor lauter Begeisterung drückte er Barbara fest an sich. Sie wusste überhaupt nicht wie ihr geschah, fand es aber wunderschön.

Resi hatte die Scene beobachtet.

„Eine Margarete Fischer ist am Apparat."

„Ja, ich nehme das Gespräch an", antwortete Thomas.

Margarete wollte wissen, ob sie jetzt in Urlaub fahren könne.

„Wir erstellen gerade ein Phantombild. Es wäre gut, wenn sie da noch draufschauen würden."

„Wir spielen heute Nachmittag wieder Boule, da wären alle zusammen."

„Gut wir kommen gegen 14.00 Uhr, dann können Sie gerne verreisen."

„Resi ruf doch bitte die Frau Moser an, sag ihr, dass sie jetzt ihren Mann nochmal sehen, und ihn beerdigen kann."

Es klopfte und Stephan Braun kam rein, und verlangte Kommissar Lindner zusprechen.

„Ich bin der Sohn von Konrad Wagner, dem Besitzer des, *Leierkasten*.

Er hat mir von dem Mord erzählt, und ich war mit dem Zug zur Tatzeit an der *Haltestelle Kurpark*, in Bad Fischbach.

Dort habe ich ein Paar gesehen, das sich etwas auffällig verhielt. Es war nur kurz, und ich dachte, die hätten sich gestritten. Er hat sie am Arm gepackt, sie ist gestürzt, dann zerrte er die Frau hoch, und sie sind weggegangen. Sonst habe ich nichts bemerkt, keine Leiche oder so."

„Das ist prima, dass sie sich melden. Wir erstellen gerade ein Phantombild. Vielleicht können Sie auch etwas dazu beigetragen."

„Ich kann es versuchen, aber es war nur kurz, und ich war relativ weit weg."

„Vielen Dank, Herr Moltke bringt sie zum Zeichner."

„Das kann doch kein Zufall sein. Drei Zeugen, die ein Paar gesehen haben, offensichtlich das gleiche. Jetzt geht es voran. Thomas war direkt euphorisch.

„Noch haben wir sie nicht." Barbara war nicht so zuversichtlich.

Renate und Manfred Eder saßen in ihrem Wohnzimmer und keiner wusste was er sagen sollte.

Renate fasste sich zuerst ein Herz, und bat ihren Mann um Verzeihung.

„Wie soll ich dir je wieder vertrauen können. Jetzt bin ich auch noch verdächtig."

„Das ist Unsinn, ich weiß doch, dass du kein Mörder bist.

Die Polizei wird das auch bald herausfinden."

„Ich brauch Zeit, und muss nachdenken. Das verstehst du doch."

„Ja sicher", antwortete Renate traurig.

Im Präsidium war das Phantombild fertig.

Jeder der Zeugen hat das Pärchen nur sehr flüchtig gesehen, und nicht gedacht, dass sie eine genaue Personenbeschreibung machen müssen.

Thomas und Barbara machten sich auf den Weg nach Bad Fischbach, um die Bilder den Boule-Spielern zu zeigen.

Auf dem Boule-Platz hatten sich wieder alle versammelt, alle außer Martin Schneider. Er war wieder nicht da.

Richard wusste, dass es ihm nicht gut geht. Natürlich sind auch noch andere Spieler gekommen, die am Mittwoch nicht beim Spielen waren. Sie wollten alles genau wissen, was da Schreckliches passiert ist. Keiner konnte glauben und verstehen was geschehen war.

Der Herbert tot, durch einen Mörder, unvorstellbar.

Es wollte keine so rechte Lust zum Spielen aufkommen. Margarete berichtete, dass die Polizei nochmal kommt, mit einem Phantombild. Da marschierten die beiden Kommissare auch schon auf die Gruppe zu.

Die Bilder wurden auf den Tisch gelegt. Je ein Portrait von Mann und Frau und je eines, wo die ganze Person zu sehen war.

Der Mann massig, groß mit grauen Locken, rotem Gesicht, aber den Leuten völlig unbekannt.

Die Frau klein, dünn mit zotteligen Haaren, schmale Gesichtsform.

„Die kommt mir irgendwie bekannt vor", meinte Tini.

„Aber wer? Ich weiß nicht, vielleicht fällt es mir noch ein."

„Ich habe ihnen Kopien machen lassen, dass sie zu Hause in Ruhe überlegen, und immer wieder draufschauen können", erläuterte Thomas.

Er verteilte die Blätter und meinte noch, dass Margarete jetzt in Urlaub fahren kann.

Die Boule-Spieler blieben noch eine Weile beisammen, als die beiden Polizisten weg waren. Keiner hatte eine Idee über die Identität der Mörder. Man beschloss für die Beerdigung zu sammeln. Manche hatten schon Geld dabei. Harald bot sich an, was zu besorgen.

„Früher hat das der Herbert gemacht", stellte Gisela fest.

So trennte sich die Gruppe.

„Ich schreib eine E-Mail, wenn es neue Erkenntnisse gibt", sagte Harald.

Gisela, Josef und Pedro gingen zum Parkplatz. „Wir sind morgen auf dem Flohmarkt in *Natzing*. Kommst du auch? fragte Josef. Pedro war kein großer Käufer, eher ein Schauer, aber er versprach bei ihnen vorbei zu kommen.

Josef und seine Frau Gisela, gingen gerne auf den Flohmarkt. Für Gisela war das ein Ort der Begegnung.

Alte Menschen ratschen gerne mit den Händlern, über die alten Gegenstände, die sie verkauften und wie es früher war.

Junge Leute trafen sich mit Freunden, und besorgten sich Sachen für den Haushalt.

Mütter fanden günstige Kleidung für Ihre Sprösslinge.

Kinder hatten die Gelegenheit, zu lernen, mit ihrem Taschengeld sparsam umzugehen.

Einige suchten spezielle Dinge, wie eine besondere Tasse, die kaputt gegangen ist, oder ein Buch, was in der Sammlung noch fehlt. Nachbarn trafen sich, denn, obwohl man nebeneinander wohnte, hat man sich schon ewig nicht mehr gesehen.

So gibt es viele Gründe auf den Flohmarkt zu gehen, natürlich auch zum Verkaufen der alten und gebrauchten Dinge."

Die Beiden waren froh, dass nicht mehr gespielt wurde. Sie mussten noch einkaufen, und das Auto packen. Außerdem wollte man nicht zu spät ins Bett. Denn zum Flohmarkt muss man früh aufstehen. Das war der einzige Nachteil.

Im, *Leierkasten,* war Konrad damit beschäftigt Liedtexte aufzulegen, als Stephan von der Polizei zurückkam.

„Das hat aber gedauert", stellte er fest.

„Wir haben noch ein Phantombild erstellt", berichtete Stephan. „Das war interessant, was die mit dem Programm auf dem Computer alles machen können, großartig. Hoffentlich werden die Mörder bald gefasst.

Stephan sah sich interessiert die Blätter an, die Konny verteilte.

Mariechen saß weinend im Garten.   Das Lied hatte 5 Strophen.

Ritter Hadubrand.   Hier gab es 8 Strophen.

Ännchen von Tarau.   Es waren 6 Strophen.

Sabinchen war ein Frauenzimmer.   Diese Liedchen hatte 9 Strophen.

„Was bedeutet das", fragte Stephan.

„Das sind die Lieder, die ich mit dem Leierkasten spiele. Damit die Leute mitsingen können, habe ich die Texte aus dem Internet rausgesucht."

„Das ist ja eine Superidee."

„Du wirst heut Abend merken, wie super das ist, es ist göttlich."

Thomas und Barbara saßen am Schreibtisch über ihren Berichten.

„Sollen wir die Phantombilder veröffentlichen", fragte sie.

„Wir warten noch etwas, vielleicht kommt noch von den Boule-Spielern was. Ich will mit den Bildern auch noch zu dem Ehepaar Eder. Und diesen Martin Schneider sollten wir auch besuchen, und ihm die Bilder zeigen.

Aber das machen wir morgen, ich will heut zum *Leierkastenabend*, kommst du mit", fragte Thomas ganz unvermittelt.

„Ja warum nicht, was ist das?"

„Das wirst du dann sehen. Der absolute Hammer, in ganz Bayern."

„Das hört sich ja vielversprechend an, hier jagt ja ein Highlight das andere."

„Ich hol dich um18.30 Uhr ab. Dann können wir vorher noch was essen."

Pünktlich um halb sieben stand Thomas vor ihrer Tür. Er hatte ein dunkelgrün kariertes Hemd angezogen. Sie war sehr aufgeregt. Das ist jetzt der dritte Abend, den wir zusammen verbringen, dachte sie, wunderschön, aber mehr ist nicht passiert.

Geduld, Barbara, Geduld, ermahnte sie sich.

Im, *Leierkasten*, hatte Thomas einen Tisch reserviert. Es war noch nicht voll. Der junge Mann, der heute eine Zeugenaussage gemacht hatte, stand hinter der Bar und schenkte fleißig aus. Er grüßte freundlich rüber. Barbara bestellte sich Ziegenkäse überbacken, mit Baguette und einen Weißwein.

„Das hört sich gut an, das nehme ich auch", meinte Thomas.

„Bist du Vegetarierin?"

„Nein, ich mag nur Ziegenkäse, aber so viel Fleisch esse ich nicht."

„Erzähl ein bisschen über dich", bat er Barbara.

Das tat sie dann auch.

Das Lokal füllte sich, und Konny hatte schon sein Kostüm an. Er stellte sich zum Leierkasten, begrüßte das Publikum, und wies sie noch auf die Texte hin, damit auch alle mitsingen können. Und schon ging's los.

Sowas hatte Barbara noch nicht erlebt. Von der ersten Minute an, als Konny spielte, gingen die Leute mit und sangen die alten Lieder. Das war so schön. Die Beiden hatten solchen Spaß. Sie waren glücklich. Der Abend war wundervoll, sie wünschte sich, er sollte nie vergehen.

Thomas brachte Barbara heim.

„Das war lustig und schön", sagte er.

„Morgen, bevor wir die Eders besuchen, gehen wir kurz in den Kurpark, ein bisschen spazieren, ich muss mit dir reden.

Morgen, nicht jetzt, gute Nacht, Barbara, schlaf gut."

Er streichelte ihr über die Wange und ging.

Sie war völlig verzaubert, Sie schwebte wie auf Wolken.

Was er wohl mit mir bereden will?

Gisela und Josef schleppten, nachdem sie mit dem Einkauf fertig waren, die Flohmarktkisten aus Keller und Garage ins Auto. Das, und das wieder aufräumen, war das anstrengendste. Sie aßen noch eine Kleinigkeit, und nach etwas fernsehen, ging man zu Bett.

Samstag

Der Wecker klingelte um 4.00 Uhr bei Gisela und Joseph. Sie fuhren nach *Natzing*, fanden einen relativ guten Platz, sogar ein Bäumchen war da, für später, als Schattenspender. Sie bauten auf, und die ersten, Schatzsucher, die schon im Finstern mit Taschenlampen unterwegs waren, wurden bei ihnen fündig.

Bei dem Ehepaar Faust, hatte sich die Stimmung nicht verbessert. Herta litt unter dem Mord. Sie sah schlecht aus, richtig krank, und konnte nichts essen.

Robert dagegen hatte einen gesunden Appetit und machte Pläne für den heutigen Tag. Er wollte auf den Flohmarkt nach *Natzing*. Sie suchten Gartenzwerge. Immer wieder fanden sie einige witzige Exemplare, die dann gehandelt und gekauft wurden.

„Jetzt höre mit dem Jammern auf, und esse endlich etwas, du klappst mir noch zusammen. Heul nicht ständig, du machst alle auf uns aufmerksam. Das muss aufhören, ich habe genug, von dem ewigen Geflenne. Es ist jetzt, wie es ist, da müssen wir durch. Los, geh mach dich fertig.“

Als Thomas Barbara abholte, sah er sehr nachdenklich aus. Bis zum Kurpark sprach er kein einziges Wort. Sie blieben bei der Gedenktafel stehen.

„Eine schöne Idee“, sagte er.

„Komm, setzen wir uns.“ Sie hatten ein lauschiges Plätzchen gefunden. Thomas sah in dem schwarz, kariertem Hemd noch besser aus, dachte Barbara.

Nach einiger Zeit fing Thomas an.

„Lass mich bitte ausreden, ich bin darin nicht gut, so über Gefühle zu sprechen. Aber, ich habe mich in dich verliebt. Ich denke sogar, ich liebe dich. Ich habe schon lang nicht mehr so empfunden. Die Arbeit war immer wichtiger.

Aber jetzt ist es passiert, und ich weiß nicht, ob es gut ist. Wir sind Kollegen, und wenn es zwischen uns nicht funktioniert, oder du mich nicht magst, was dann. Wir müssen zusammenarbeiten, das könnte Probleme geben."

Er hatte die ganze Zeit ohne Luft zu holen geredet, und atmete jetzt tief ein.

„Darf ich jetzt", fragte Barbara. Er nickte.

„Ich liebe dich schon seit der ersten Minute. Ich freu mich so, dass du mich auch magst. Falls es mit uns nicht klappen sollte, was ich mir nicht vorstellen kann, dann verspreche ich dir, mich erwachsen zu verhalten. Es wird keine Probleme geben. Sie machte eine Pause und meinte dann vorwitzig.

„Du darfst mich jetzt küssen."

Das ließ er sich nicht zweimal sagen.

Auf dem Flohmarkt war in der Zwischenzeit sehr viel los und die Geschäfte gingen gut. Pedro kam auch vorbei, wie versprochen. Er hielt sich aber nicht lange auf, und schaute weiter die Stände an.

„Oh je, schau mal vorsichtig zu dem Stand mit dem gelben Auto, auf der anderen Seite, da sind die Herta und Robert. Die haben mir gerade noch gefehlt, hoffentlich textet die mich nicht wieder so zu." Gisela stöhnte.

„Mach halt einfach so, als hättest du sie nicht gesehen", schlug Joseph vor.

Diese beiden waren vor Jahren auch bei der Boule Gruppe. Er war immer auf Streit aus, und seine Witze gingen meist unter die Gürtellinie. Ein blöder, unangenehmer, grober Klotz.

Sie, ständig schlecht gelaunt, jammerte immer, und meckerte an allem herum. Meist kam sie mit den Worten zum Spielen, „Eigentlich habe ich gar keine Lust."

Dass man sich fragte, weshalb sie überhaupt gekommen ist. Jedenfalls, auf einmal waren sie weg.

Gisela und Josef waren gerade auf dem Jakobsweg, und als sie wieder zurückkehrten, erfuhren sie, dass Herbert sie aufgefordert hatte, nicht mehr zu kommen. Na, die wurden nicht vermisst.

Dann, auf irgendeinem Flohmarkt, kamen die Beiden an Giselas Tisch vorbei und haben sich sehr beschwert, dass man sie rausgeworfen hatte. Gisela wusste überhaupt nicht, was sie sagen sollte, es war peinlich.

Und jetzt kommen sie wieder daher.

Robert hatte Gisela und Josef auch bemerkt. Er raunte Herta zu, dass sie auf keinen Fall die Seite wechseln darf, denn die von der Boule-Gruppe sind da.

„Ich weiß nicht mehr, wie die heißen. Du siehst aus wie gekotzt, das wäre nicht gut. Du fällst auf. Reiß dich zusammen. Der kleine Spanier schwirrt auch herum. Verhalte dich normal."

„Das kann ich nicht, lass mich in Ruh."

Die Beiden blieben auf der rechten Seite.

„Ich glaub der Krug geht an uns vorbei", murmelte Gisela.

Eine nette Dame, suchte sich gerade ein paar Bücher aus.

Thomas und Barbara kamen in die Fischergasse, eine kleine Straße in einem ruhigen Viertel von Bad Fischbach. Ein Flüsschen schlängelte sich der Straße entlang. Sie begutachteten den Garten des Ehepaars Eder.

„Eine ganz besondere Komposition, sehr eigenartig, eigenwillig. Das passt zu den Beiden."

Barbara konnte sich nicht satt sehen. Es gefiel ihr ausnehmend gut.

Renate Eder war gerade im Garten und entdeckte die Kommissare.

„Hallo, was kann ich für sie tun?" Sie fand das nicht so prickelnd, dass die Polizei vor ihrer Tür stand.

„Sie haben einen ganz besonderen Garten, er gefällt mir sehr gut." Barbara war sehr freundlich.

„Wir haben so was ähnliches mal in Frankreich gesehen. Er hat uns so begeistert, dass wir ihn nachgestaltet haben." Renate Eder klang sehr stolz.

„Können wir ein paar Minuten reinkommen, wir möchten Ihnen das Phantombild zeigen, vielleicht erkennen sie ja doch jemand. Thomas war wieder sehr geschäftsmäßig.

„Werde ich jetzt verhaftet", fragte Manfred Eder zynisch, als er die beiden Kommissare sah.

„Ach, Manfred hör doch auf. Die Kommissare haben ein Phantombild, Das sollen wir uns anschauen."

„Es wäre nett, vielleicht kennen Sie ja doch die Frau, oder den Mann."

„Das heißt sie wissen, dass, das die Mörder sind", fragte Manfred.

„Sagen wir mal so, wir würden gerne mit den Beiden reden."

Jetzt schauten sie interessiert die Bilder an. Aber keiner erkannte den einen oder anderen.

„Wir werden sie dann doch veröffentlichen."

Das Handy von Thomas klingelte. Es war Frau Moser.

„Die Beerdigung findet am Montag um 14.00 Uhr in St. Jakob in Bad Fischbach statt, ich möchte sie dazu einladen."

„Wir kommen auf jeden Fall, danke, dass sie uns Bescheid gesagt haben. Dann werden wir uns sehen, wie geht es ihnen?"

„Es muss, meine Söhne sind für mich da."

„Das ist gut, bis Montag."

„Die Beerdigung ist am Montag um 14.00 Uhr", erklärte er Barbara.

„Wir gehen jetzt, Auf Wiedersehen."

„Jetzt fahren wir noch zu Martin Schneider, und dann ist gut für heute."

Pedro kam aufgeregt zum Tisch von Gisela und Josef.

„Da ist gerade eine Frau zusammengebrochen, ich glaub, das ist die Herta. Der Notarzt ist schon unterwegs. Die hat aber auch ganz grau ausgesehen."

„Das wünscht man ja dann doch niemand." Gisela hatte sich erschrocken. Das Martinshorn war zu hören.

Robert kniete neben seiner Frau und schüttelte sie. Er war verärgert, auch das noch, das hat mir gerade noch gefehlt.

Der Notarzt kam.

„Sie hat einen Herzinfarkt", erklärte der Arzt Robert.

„Das wird schon wieder. Wir fahren nach Traunstein ins Krankenhaus. Sie können hinter uns herfahren."

Das Haus von Martin Schneider, am Ortsende von Bad Fischbach, muss mal ein Bauernhaus gewesen sein. Man konnte noch den Stall erkennen, mit riesigem Grundstück, Obstbäume, Beeren, Gemüsegarten, alles für eine Großfamilie.

Vor der Tür parkte ein Wagen, mit einem Arztschild im Fenster.

„Womöglich kommen wir ungelegen", meinte Barbara.

„Wenn es nicht passt, gehen wir wieder", erwiderte Thomas.

Die Tür wurde gerade geöffnet, und eine Frau gab einem Mann die Hand und sagte,

„Danke für alles." Sie hatte verweinte Augen.

„Was kann ich für sie tun", fragte sie die beiden Kommissare.

„Wir kommen von der Polizei, und wollten Herrn Schneider nochmal wegen dem Mord befragen, und ihm ein Phantombild zeigen."

„Ja, jetzt hat der Mörder schon zwei Menschen auf dem Gewissen. Mein Mann hat sich so aufgeregt, dass er massive Herzprobleme bekam, und gestorben ist."

„Oh mein Gott, das tut mir leid, verzeihen Sie, dass wir sie in dieser Situation gestört haben. Entschuldigung, unser herzliches Beileid."

„Das konnten sie ja nicht wissen. Er ist schon lange krank, aber dieser Mord an seinem jahrelangen Freund, hat er nicht verkraftet."

„Wie furchtbar", sagte Barbara, als sie im Auto saßen.

„Ich fahre nochmal kurz ins Büro, um die Phantombilder an die Presse zu schicken. Du kannst aber gerne schon heimgehen."

„Magst du heut Abend zu mir zum Essen kommen?"

„Ich weiß nicht", sagte Thomas etwas abwesend.

„Wenn es nicht passt, dann ist das auch in Ordnung", meinte Barbara.

„Ich bin nur gerade etwas durcheinander, vielleicht lassen wir das heut Abend.

Ich ruf dich morgen an, und wir machen einen Ausflug, Zum *Eggstätter See*, vielleicht."

„Gut." Sie war ein kleines bisschen enttäuscht. Aber sie konnte ihn verstehen.

Er setzte sie zuhause ab, und gab ihr einen Kuss. „Tut mir leid, bis morgen."

Als Thomas im Präsidium ankam, rief Harald Jäger an, und wollte wissen, ob es etwas Neues gibt.

„Ja, ich hätte sie auch noch angerufen. Zunächst, zu den Bildern. Da hat bis jetzt keiner eine Idee, ich habe sie gerade der Zeitung geschickt. Die werden am Montag veröffentlicht.

Außerdem ist am Montag um 14.00 Uhr, die Beerdigung von Herrn Moser in St. Jakob. Geben Sie die Nachricht bitte an ihre Freunde weiter.

Und als letztes ihr Boule-Partner Martin Schneider ist verstorben. Es tut mir sehr leid. Die Ehefrau meinte, er hätte sich zu sehr aufgeregt."

Harald war entsetzt.

„Jetzt hat dieses Schwein zwei Menschen auf dem Gewissen."

Als Robert Faust vom Krankenhaus heimkam, lief ihm die Nachbarin, Frau Mayer, über den Weg. Sie wollte natürlich wissen, wo die Herta ist. Robert erzählte ihr die Geschichte, und sie meinte dann, dass ja zurzeit so viel schlimmes passiert.

„Der Mord, und jetzt seine Frau, und der Schneider Martin ist auch gestorben. Am Montag ist ja die Beerdigung von Herrn Moser, ich habe die Nachbarin von der Frau Moser getroffen, Da muss ich ja dann auch hingehen. Wann Martin Schneider begraben wird, weiß ich noch nicht. Aber ich sag ihnen Bescheid, wenn ich was erfahre. Sie kennen den ja auch."

„Ich muss der Herta noch ein paar Sachen ins Krankenhaus bringen." Das war der einzige Kommentar, den Robert von sich gab.

Robert ging ins Haus und überlegte. Zu dieser Beerdigung muss ich auch gehen. Aber es darf mich keiner sehen. Ich muss mir einen Beobachtungsplatz suchen.

Und ich muss mich verkleiden.

Er kramte im Schrank. Er fand einen Hut, Sonnenbrille, eine Perücke vom Fasching, und auch einen Bart, gab es in der einer alten Kiste. Auch das Fernglas musste mit. Das sollte fürs erste genügen.

Herta muss warten. Sie kriegt zurzeit sowieso nichts mit.

Die Sachen packte er in eine Tasche und damit machte er sich auf den Weg zum Friedhof.

Harald schrieb eine E-Mail mit den schlechten Nachrichten an seine Freunde.

Als Josef und Gisela vom Flohmarkt kamen, war erst mal Geld zählen angesagt. Sie waren mit dem Erlös zufrieden. Danach wurde alles wieder in Garage und Keller geräumt.

Mit dem verdienten Geld gingen sie zum Steak essen mit dem Sohn und seiner Freundin, und danach wollten sie nur noch ausruhen.

Gisela betrachtete die Phantombilder. Sie war sich nicht mehr sicher. Irgendwie kamen ihr die beiden Personen, doch bekannt vor. Aber wer ist das?

Josef saß am Computer und checkte seine Mails.

„Der Martin ist tot", rief er.

„Oh nein, das darf doch nicht wahr sein." Gisela traten die Tränen in die Augen.

„Harald hat eine E-Mail geschickt. Und die Beerdigung von Herbert ist am Montag. Wie schrecklich, den Mord, hat Martin nicht gepackt, meint seine Frau."

Robert parkte hinter dem Supermarkt und schaute sich um. Es war niemand zu sehen. Er stülpte die Perücke über, klebte den Bart an, setzte die Brille auf, und den Hut drückte er auf den Kopf. Dann machte er sich auf den Weg zum Friedhof, um einen guten Beobachtungsplatz zu finden. Es dauerte nicht lange, und er wurde fündig. Es gab da einen Busch, ziemlich dicht, im hinteren Teil des Friedhofs. Auch eine Bank war vorhanden. Und die Bank stand etwas erhöht.

Er schaute sich um, und ging zu dem Platz. Er hatte von da eine gute Übersicht, und war doch etwas verdeckt. So wird das funktionieren. Er setzt sich zufrieden hin. Hier war es ruhig und friedlich.

Robert dachte nach. Womöglich wäre es besser, wenn er aus Bad Fischbach verschwindet. Plötzlich hatte er das Gefühl, es wird gefährlich für ihn. Der Tod von Martin Schneider ist nicht so günstig. Aber wohin? Wo wäre er sicher? Die Herta ist gut untergebracht, wenn es ihr wieder gut geht, kann sie nachkommen. Er überlegte lange.

Da fiel ihm das Ferienhaus in Österreich ein. Es ist in der Nähe vom Mondsee. Sie sind schon ewig nicht mehr dort gewesen. Ja, das ist die Lösung, davon weiß die Frau Mayer nichts. Die wäre nur neidisch geworden.

Jetzt musste er einiges organisieren. Er musste alles packen. Geld so viel wie möglich besorgen. In der Nacht das Gepäck ins Auto, und nach der Beerdigung wegfahren. So merkt die Nachbarin nichts. Ich bin dann halt die ganze Zeit bei der Herta im Krankenhaus. Ja das wird erst mal das Beste sein. Mit diesen Gedanken ging er wieder zum Auto. Er legte die Verkleidung ab, deponierte sie im Auto. Dann ging er zum Supermarkt, kaufte ein, holte Geld vom Automaten, tankte, fuhr nach Hause und fing an zu packen.

Der Schaukelstuhl hatte eine beruhigende Wirkung, plötzlich hielt Gisela das Schaukeln an.

„Jetzt weiß ich es", rief Gisela, sie war aufgeregt.

„Was weißt du", fragte Josef.

„Wem die beiden ähnlichsehen, dem Robert und der Herta."

„Ich weiß nicht, findest du." Josef klang nicht überzeugt.

„Du kannst doch nicht, bloß, weil du die zwei nicht leiden kannst, und sie unsympathisch findest, sie gleich des Mordes verdächtigen."

„Überleg doch mal, der Robert hätte ein Motiv. Der Herbert hat ihn aus der Gruppe rausgeworfen. Der hat sich sicher riesig geärgert."

„Aber das ist doch schon ewig her, und wieso wusste er, dass der Herbert da gerade allein auf dem Platz war."

„Das wusste er nicht, das war Zufall. Deshalb war ja auch die Mordwaffe, die Boule-Kugel."

„Wir sollten das mit den andern besprechen. Das könnten wir nach der Beerdigung machen, da ist dann auch die Polizei da."

„Gut warten wir bis Montag."

Barbara nutzte die Zeit zum Aufräumen, Wäsche waschen, Einkaufen, Baden und Fernsehen.

Auch Thomas nutzte die Zeit. Er machte eine Pro- und Kontra Liste.

Was sprach für, und was gegen eine Beziehung mit Barbara.

Am Schluss gab es mehr Punkte für die Liebe.

Er nahm den Autoschlüssel, sprang in den Wagen, fuhr in die Blumenstraße, klingelte und wartete.

Barbara hatte gerade eine Jogginghose und T-Shirt übergezogen. Wer kann das sein. Sie öffnete die Tür und davor stand Thomas.

„Ich bin ein Idiot, aber ich liebe dich."

„Komm rein", sagte sie, und schloss die Türe.

Sonntag

Bei dem Ehepaar Vogel passierte heute nicht viel. Morgens walken, Frühstück, Liegestuhl, und später kam die Tochter mit Familie, zum Kaffee.

Harald Jäger machte einen Beileidsbesuch bei Frau Schneider und erfuhr, dass die Beerdigung am Mittwoch sei. Danach ging er mit seiner Frau spazieren, auch er konnte nicht begreifen, was in den letzten Tagen geschehen war, und grübelte, wer wohl der Täter sei. Trotz des herrlichen Wetters kam keine richtige Freude auf.

Clementine Schmied machte einen Radlausflug mit einer Freundin. Sie saßen im Gras, blickten auf den See, und wälzten das Thema Mord hin und her.

Margarete Fischer kam mit ihrem Freund in Versailles an, und durch das Treffen mit den Biker-Freunden, vergaß sie das furchtbare Ereignis.

Helmut hatte ein Hufeisenturnier in *Rimsting*. Aber auch dort wurde hauptsächlich über den Mord gesprochen.

Pedro Martinez musste arbeiten, und war so etwas abgelenkt.

Beate Fürst und Wolfgang Speck machten eine Bergwanderung zum Farrenpoint. Er war froh, dass er nicht mehr unter Verdacht stand. Trotzdem kam keine rechte Freude auf. Denn der Tod von Martin traf sie sehr.

Richard Müller war zu einem Familienfest eingeladen. Allerdings war er die ganze Zeit nur traurig. Martin war ihm über die Jahre, so ein guter Freund geworden, immer lustig und interessiert an allem. Das war ein herber Schlag für den 88zig jährigen.

Barbara und Thomas waren trotz allem glücklich. Gerade, saßen sie beim Frühstück.

„Gut, dass ich gestern noch eingekauft habe", stellte sie fest.

Allerdings mit Kaba konnte sie nicht dienen.

„Den muss ich dann wohl in meinen Einkaufszettel aufnehmen."

„Du hast doch bestimmt auch geheime Gelüste", lachte er.

„Na ein paar kennst du jetzt schon."

Sie wurde mal wieder rot, und er gab ihr einen langen Kuss.

„Thomas, ich finde wir sollten unsere Beziehung noch aus der Arbeit raushalten. Irgendwann merken Sie es ja, aber vorerst lassen wir es bei einer kollegialen Sache."

„Das ist auch meine Meinung, Schatz." Er grinste.

„Was hälts du von der Idee baden zu gehen. Vorher können wir um den See rumlaufen, er ist nicht so groß, und ein nettes Restaurant gibt es dort auch."

„Gut, ich war sowieso noch nicht dort."

Manfred Eder und Renate hatten sich ausgesprochen.

Sie saßen auf der Terrasse und tranken Tee.

Renate hatte Scones gebacken. Es gab Clotted Cream und Erdbeermarmelade. Sie wollten es nochmal probieren, und immer über alles reden, falls was nicht passt.

Eine Frage brannte ihr auf dem Herzen.

„Hast du was dagegen, wenn ich morgen auf die Beerdigung gehe?"

„Nein, das verstehe ich, geh nur, dann kannst du mit ihm abschließen."

Manfred war auf einmal sehr verständnisvoll.

Robert Faust nutzte die Zeit mit packen. Er richtete sich auf eine längere Zeit ein. An den Bankautomaten fuhr er auch nochmal. Die Mayerin fing ihn wieder ab, und fragte nach Herta.

„Sie liegt immer noch im Koma, ich werde ab morgen ein Bett im Krankenhaus bekommen, dann brauch ich nicht immer hin und herzufahren.

Das ist ein toller Service."

„Alles Gute für Herta." Sie war sichtlich erschüttert.

Er musste noch das Kegeln absagen, die würden sich sonst wundern. Auch war ihm eine Idee für das Auto gekommen.

Ein anderes Nummernschild.

Er wusste, dass einer seiner Kegelfreunde auf einem Segelurlaub in der Ägäis weilte, und sein Auto zu Hause im Carport stand. Heute Nacht wollte er die Nummern abmontieren, nur zur Ausreise. Dann kommen die eigenen wieder drauf. Er fand, dass er alles gut überlegt und geplant hatte. Eigentlich dürfte nichts schief gehen. Auf die Telefonanrufe vom Krankenhaus, reagierte er nicht.

Der Nachmittag am See machte großen Spaß. Das Wasser war herrlich erfrischend. Sie spielten Federball, schleckten Eis, und später gab es noch Forelle im Restaurant. Es war schon spät, als sie nach Hause fuhren.

Robert lief mit einer Taschenlampe bewaffnet, in den Moosgrund, zum Haus von Philipp Ackermann. Er schaute sich vorsichtig um, ob auch keiner der Nachbarn unterwegs war. Aber es gab den, Tatort, mit den Münchner Kommissaren, den versäumt so gut wie niemand. Zum Glück ging kein Bewegungsmelder an. Die Nummernschilder gingen ganz leicht ab.

Schnell weg

Daheim, trug er den Rest des Gepäcks ins Auto. Das wollen wir doch mal sehen, mich erwischt niemand. Er war sehr zufrieden.

Danach montierte er die neuen Schilder an sein Auto, und packte seine restlichen Sachen in den Wagen.

Ein perfekter Plan.

Montag

Es wurde wieder so ein schöner Sommertag. Schon am frühen Morgen schien die Sonne mit Macht.

Im Präsidium duftete der Kaffee. Die Butterbrezen schmeckten hervorragend. Thomas schlug die Zeitung auf und suchte den Bericht zu den Phantombildern. Er fand ihn nicht. Ebenso wenig die Bilder.

„Resi, ruf bitte mal beim, *Traunsteiner Boten*, an und frag, warum die Bilder nicht in der Zeitung sind."

„Welche Bilder?"

„Na die Phantombilder, ich habe sie gestern am Nachmittag noch gemailt."

„Oh, da hast du Pech, Sonntag muss alles vor 12.00 Uhr raus gehen, sonst kommt es erst am Dienstag in die Zeitung."

„So ein Mist!

Das ist ärgerlich, da habe ich nicht mehr dran gedacht. Hoffentlich hat das keine Auswirkungen. Er ärgerte sich, wie dumm von mir."

Bei dem Ehepaar Eder klingelte das Telefon.

Die Anwaltskanzlei Lehmann war am Apparat. Renate wunderte sich. Sie hatte keine Ahnung, was man von ihr wollte. Die Dame bat sie in die Kanzlei zu kommen. Es wäre ein Päckchen für sie deponiert.

„Ich könnte jetzt gleichkommen." Die Dame war einverstanden.

Renate sagte Manfred Bescheid, und sie machte sich sofort auf den Weg. Was das wohl zu bedeuten hat, überlegte sie.

Die Kanzlei von Rechtsanwalt Lehmann schien sehr gut zu laufen. Die Räume waren großzügig geschnitten und mit Antiquitäten eingerichtet. Edle Dekoartikel, wunderschöne Pflanzen, moderne Lampen und Models, als Sekretärinnen verkleidet, die durch den Flur huschten, der mit dicken Teppichen ausgelegt war. Sie musste etwas warten, und schon wurde ihr ein Cappuccino serviert.

Der Rechtsanwalt, ein schon etwas älterer, sympathischer Herr, korpulent mit dunkelblauer Jacke, beigem Hemd und beiger Hose, empfing sie freundlich.

„Stört es sie, wenn ich meine Pfeife rauche?" Sie schüttelte den Kopf.

„Sie wundern sich sicher, wer ihnen, bei mir, ein Päckchen hinterlegt hat.

„Ich war ein guter Freund von Herbert Moser, und irgendwann hat er mir mal erzählt, dass sie in sein Leben getreten sind, und wie gut sie ihm tun. Als kleines Geschenk, als Erinnerung, soll ich das ihnen geben, wenn er mal nicht mehr ist." Er reichte ihr ein kleines Paket, und einen Brief.

Sie nahm beides, bedankte sich, und verließ die Kanzlei.

Was sollte sie jetzt tun.

Vor der Kanzlei gab es eine kleine Anlage mit Bänken, dort setzte sie sich hin, und schaute das Paket an. Den Brief wiegte sie in der Hand hin und her. Sie öffnete vorsichtig den Umschlag.

„Liebste Renate, sei nicht traurig, du hast mir so viel gegeben und mich glücklich gemacht, meine späten Jahre versüßt.

Eine kleine Erinnerung an unsere gemeinsame Zeit. Herbert."

Die Tränen liefen ihr davon.

Sie riss das Papier auf. Es war ein Bildband von *Brynolf Wennerberg*, wie lieb. Was für eine schöne Idee. Ob ich den annehmen kann? Da wird Manfred hoffentlich nichts dagegen haben, überlegte sie.

Die Boule-Spieler trafen sich vor der Kirchentür. Man ging gemeinsam in die schöne Kirche. St. Jakob war eine uralte Kirche, mit romanischem Ursprung. Die Säulen dick, die Fenster klein. Das Innere eher dunkel. Sie war halb gefüllt, Nachbarn, Verwandte, natürlich die Frau mit Söhnen, Schwiegertöchter und Enkel, waren gekommen. Aber auch die beiden Kommissare und die bekannten Neugierigen, die auf keiner Beerdigung fehlen durften.

Die Gemeinde hörte ein wunderschönes Orgelvorspiel. Eine Sängerin sang, *„So nimm denn meine Hände."*

Pfarrer Horn erzählte vom Leben und Sterben Herbert Mosers, und über die Gewalt, die immer mehr überhandnimmt, und nicht im Einklang mit der christlichen Lehre steht.

Dann wieder die Sängerin mit dem, *Ave-Maria.*

Das war dann doch zu viel, und Gisela schluchzte erbärmlich.

Nach dem Gottesdienst ging man zusammen zum Friedhof und auf dem Weg dahin, berichteten Josef und Gisela von ihrem Verdacht.

„Ihr könntet recht haben, „vermutet auch Harald. Die hätten vielleicht ein Motiv. Allerdings sind die Bilder ihnen nicht wirklich ähnlich.

„Also ich finde schon besonders die Frau, das ist die Herta.

Sie kam mir gleich so bekannt vor." Tini war sich sehr sicher.

„Wir werden nach der Beerdigung mit den Kommissaren reden", bestimmte Harald.

Als die Frau Mayer zur Trauerfeier in der Kirche loszog, machte sich Robert Faust auf den Weg zum Friedhof. Sein Auto parkte er ganz hinten beim Supermarkt. Er legte wieder seine Maskerade an, und marschierte zu seinem Beobachtungsplatz. Er hatte was zum Lesen dabei, um noch unauffälliger zu wirken.
Paul Winter ging nicht zur Trauerfeier in die Kirche, aber auf den Friedhof wollte er.

Schon aus ermittlungstechnischen Gründen. Ich werde das alles von Lottchens Grab aus beobachten, da sehe ich überall gut hin. Womöglich kommt der Mörder auch dachte er, und war schon gespannt ob er ihn entdeckt.

Auch Renate machte sich zum Friedhof auf. Sie würde sich etwas abseits halten. Ihre Rosen wollte sie schon vorher beim Sarg ablegen. Sie ging zur Aussegnungshalle, und sprach in Gedanken noch ein paar Abschiedsworte, und ein Gebet.

Die Trauergemeinde mit dem Pfarrer kam langsam am Friedhof an. Man ging hinter einem Kreuz her. Eine Glocke läutete. Der Priester sprach noch ein paar tröstende Worte. Der Sarg wurde zum Grab gebracht, und versenkt. Der Chor sang ein Lied. *Das Vater-Unser*, wurde gebetet. Die Trauergemeinde ging am Grab vorbei, und spritzte Weihwasser auf den Sarg, oder man nahm eine Schaufel mit Erde, und warf sie auf den Sarg. Manche legten Blumen nieder.

Jeder verabschiedete sich auf seine Weise.

Robert Faust beobachtete alles fasziniert.

Paul Winter schaute sich um. Bei der Gemeinde sah er niemand, der dem Ehepaar ähnlich war. Er war schon enttäuscht.

Aber!

Da saß ein Mann mit Hut, Bart und Sonnenbrille, auf einer der hintersten Bänke. Mit dem Fernglas beobachtete er das Geschehen am Grab. Also sowas macht man doch nicht. Man sah ihn fast nicht, ein Busch versperrte die Sicht.

Der Körper sehr groß und massig

Das kann doch nicht.? Das wird doch nicht? Aber keine Frau weit und breit zu sehen. Sollte das etwa der Kerl sein, und er hatte sich verkleidet, damit er nicht erkannt wird?

Was kann ich jetzt tun?

Die Trauerfeier stören das ging nicht.

Gleich zur Polizei ging auch nicht, die waren ja auch auf der Beerdigung.

Er überlegte lange.

Soll ich ihn verfolgen.

Er musste sich das gut überlegen.

Robert sah durch das Fernglas und entdeckte auf einer Bank, auf der Bank, wo er mit Herta gesessen hatte, einen Mann, der ihm bekannt vorkam, und der gedankenversunken vor sich hinstarrte.

Das war doch der Typ vom Friedhof.

Schnell raus hier, zum hinteren Ausgang.

Paul schaute wieder zu der Bank bei dem Busch.

Teufel auch, er war weg.

Wo ist der hin?

Ob es doch nur ein ganz normaler Besucher war.

Er musste ihn suchen.

Paul ging zum mittleren Ausgang des Friedhofs.

Es dauerte nicht lange, da entdeckte Paul Winter den Maskierten, wie er auf dem Parkplatz des Supermarktes verschwand. Wie konnte der so schnell sein. Paul rannte los, und knickte um. der Fuß tat höllisch weh. Zähne zusammenbeißen.

Da fuhr das Auto mit dem Maskierten davon. Aber er hatte die Nummer gesehen. TS---PA—353--blauer Golf—aufschreiben, und dann zu den Kommissaren.

Thomas und Barbara standen mit den Boule-Freunden etwas abseits, und hörten sich den Verdacht der Boule-Spieler an.

Sie erzählten die Geschichte, die sich damals ereignet hatte.

„Das ist schon so lange her, ich kann mir nicht vorstellen, dass man nach so langer Zeit noch so eine Wut hat, und zu einem Mord fähig ist." Richard konnte das nicht glauben.

„Wie heißt der Mann", fragte der Kommissar.

„Das ist schon ewig her. Ich weiß nur noch, dass sie Robert und Herta hießen."

Pedro erzählte ganz aufgeregt, dass er gesehen hatte, wie die Herta auf dem Flohmarkt von *Natzing* zusammengebrochen sei, und ins Krankenhaus gebracht wurde.

Paul Winter kam völlig außer Atem, an gehumpelt.

„Ich habe ihn gesehen. Er war da. Auf dem Friedhof. Verkleidet mit Hut, und Bart, und Sonnenbrille.

Ich bin ihm nach.

Ich habe ihn nicht mehr erwischt.

Er fuhr weg, aber, ich habe die Autonummer.

Ein blauer Golf. Hier.

Er atmete schwer.

Er gab den Kommissaren einen Zettel mit der Nummer.

„Das ist gefährlich. Das nächste Mal sagen sie uns Bescheid."

„Die Trauerfeier war noch im Gange, ich musste schnell handeln."

„OK, sie gehen jetzt mal alle nach Hause. Und wir ermitteln. Vielen Dank für die Hilfe, aber bitte keinen Alleingang mehr."

„Haben sie sich verletzt", fragte Thomas besorgt.

„Ich bin nur umgeknickt.

Das geht schon, ich leg den Fuß hoch, und tue Eis drauf, das wird wieder. Fangen sie den Mörder."

Im Präsidium angekommen, bat Thomas Resi, gleich den Besitzer des Kennzeichens ausfindig zu machen.

„Es scheint vorwärts zu gehen. Dieser Paul Winter ist ja ganz schön auf Draht."

Resi meldete sich nach einiger Zeit.

„Also, die Nummer gehört einem Philipp Ackermann. Der fährt aber keinen blauen Golf, sondern einen blauen Passat.

Die Adresse lautet, Im Moosgrund 25, Altherrenberg, das ist ein eigener Ort, gehört aber zu Bad Fischbach, politisch gesehen."

„Ob der Herr Winter sich geirrt hat, mit der Marke des Autos, in der Aufregung kann das passieren."

„Aber die Boule-Spieler haben von einem Robert gesprochen."

„Dann war es halt doch jemand anders, und nicht dieser Robert, der rausgeworfen wurde."

Die Beiden rätselten und überlegten. Thomas meinte, „Wir werden sehen."

„Fahren wir in den Moosgrund und sehen nach."

Die Beiden machten sich gespannt auf den Weg.

Harald durchsuchte zu Hause seine Unterlagen vom Boulen. Aber er konnte nichts finden. Es fiel ihm nicht mehr ein, wie die beiden mit Nachnamen geheißen haben.

Auch Tini ließ es keine Ruhe. Sie zermarterte ihr Hirn, aber sie wusste es einfach nicht mehr. Na, die Polizei wird es schon rausbekommen.

Renate erzählte ihrem Mann von der Trauerfeier und der Beerdigung. Auch zeigte sie ihm den Bildband, den sie quasi geerbt hatte. Manfred hatte keine Ahnung von dem Künstler *Wennerberg*, und versprach seiner Frau bei der nächsten Ausstellung, die es geben würde, mit ihr hinzugehen

„Man kann ja seinen Horizont erweitern", meinte er.

Altherrenberg war ein nettes, kleines Dörfchen mit ländlichem Charakter, freundlichen Häusern, und hübschen Gärten. Die Adresse, im Moosgrund, gab ihrem Namen alle Ehre. Gleich hinter dem Haus, führte ein Weg in ein romantisches Filzen-Gebiet mit einer Birkenallee.

Sie läuteten.

„Da ist niemand zu Hause, die sind im Urlaub.

Was wollen Sie denn?"

Die Stimme kam vom Nachbargrundstück.

Eine Frau mit Kopftuch, Kittelschürze, Handschuhe und mit einer Gartenschere bewaffnet, kam hinter einem Schmetterlingsstrauch hervorgekrochen.

„Mein Name ist Lindner, Kripo Traunstein, meine Kollegin Hafer. Wie lange ist Herr Ackermann schon in Urlaub?"

„Oh, schon zwei Wochen. Die sind auf einer Segeltour in Griechenland."

„Können wir mal das Auto anschauen?"

„Was ist denn passiert?"

„Das ist eine Routinekontrolle."

„Das Auto ist im Carport, auf der anderen Seite des Hauses."

Sie gingen um das Haus herum, und sahen den blauen Passat, ohne Nummernschilder. Die Dame mit der Gartenschere ging mit, und schaute neugierig um die Ecke.

„Ja, wo sind denn die Kennzeichen?"

„Haben sie irgendetwas beobachtet, oder bemerkt, dass jemand die Kennzeichen abmontiert hat, oder um das Haus herumgeschlichen ist", fragte Thomas.

„Nein, aber ich weiß ganz sicher, dass gestern Nachmittag noch alles da war. Denn ich bin mit dem Hund Gassi gegangen, und er hat am Passat vom Philipp rumgeschnüffelt."

„Wir brauchen ihre Personalien, und ihre Aussage nehmen wir auch gleich auf."

„Wollen sie bitte reinkommen?" Die Dame öffnete die Tür. Sie gingen gemeinsam ins Haus. Es war etwas altmodisch eingerichtet. In der kleinen Küche stand ein Büfett, eine alte Spüle war mit schmutzigem Geschirr gefüllt. In der Mitte des Raumes stand ein großer Tisch, daran nahmen sie Platz.

„Kann ich ihnen etwas anbieten", fragte sie.

„Nein danke." Thomas lehnte freundlich ab.

„Gut dann los.

Mein Name ist Maria Berger, ich bin 57 Jahre alt, verheiratet, habe zwei Kinder, Sohn und Tochter. Ich bestätige, dass die Auto-Kennzeichen am Sonntagnachmittag um 17.00 Uhr noch da waren. Außerdem kann ich bezeugen, dass Herr Philipp Ackermann und seine Frau Maja, schon seit zwei Wochen im Urlaub sind.

Ich habe nichts Ungewöhnliches bemerkt, oder beobachtet."

Thomas musste insgeheim lachen, über die korrekte Aussage von Frau Berger.

„Eine Frage, wie kommt Philipp wieder zu seinen Kennzeichen?"

„Wir werden uns drum kümmern, manchmal tauchen sie wieder auf. Keine Sorge das wird geregelt."

„Vielen Dank, perfekt, hier meine Karte. Falls etwas Ungewöhnliches passieren sollte, oder sie etwas beobachten, was nicht in Ordnung ist. Rufen sie an."

Sie verabschiedeten sich.

„Köstlich diese Frau", schmunzelte Barbara.

„Wir fragen noch bei dem Nachbarn nach, gegenüber dem Carport, ob er etwas gesehen hat."

Aber auch hier hatten sie kein Glück. Der Herr meinte noch, es wäre ein *Tatort i*m Fernsehen gelaufen. „Da haben wir nicht zum Fenster rausgeschaut."

Sie bedankten, sich mit der Aufforderung sich zu melden, wenn ihnen noch was einfällt, oder sie etwas Ungewöhnliches beobachten.

„Fakt ist, irgendwer hat die Nummernschilder abgebaut, und war damit beim Friedhof. Also doch dieser Robert. Der Herr Ackermann war es jedenfalls nicht."

„Ein gerissener Kerl", stellte Barbara fest.

Robert Faust fuhr, so schnell es ging, aus dem Stadtgebiet raus, in den kleinen Wald, in einen Waldweg. Dort blieb er erst mal stehen und atmete tief durch.

Das war doch der Typ vom Friedhof, der uns gesehen und gegrüßt hat. Der hat mich doch tatsächlich wiedererkannt. So ein Mist. Da rennt der hinter mir her. Der hat die Autonummer aufgeschrieben.

Jetzt lass ich die Schilder lieber hier.

Er stieg aus, schaute sich um. Niemand war zu sehen. Er montierte die Kennzeichen ab, und vergrub sie im Wald. Seine eigenen Nummernschilder, schraubte er wieder an ihren Platz. Seine Verkleidung stopfte er in eine Tasche, die er unter den Fahrersitz schob.

Jetzt nichts wie weg.

Barbara überlegte,

„Sollen wir ins Krankenhaus fahren, und eine Herta suchen, die am Samstag auf einem Flohmarkt zusammengebrochen ist. Der Ehemann taucht dort vielleicht auch auf, dann haben wir sie."

„Das wäre zu schön, um wahr zu sein. Aber, ob wir ohne richterlichen Beschluss etwas erreichen? Und wie viele Hertas gibt es im Krankenhaus. Ob der Mann wirklich kommt, das bezweifele ich. Er hat was bemerkt, und ist geflüchtet", gibt Thomas zu bedenken.

„Aber wir probieren es, und wir werden eine Fahndung nach dem Golf mit der falschen Nummer einleiten. Womöglich haben wir Glück.

Morgen kommen die Fahndungsbilder in die Zeitung, dann muss es doch Nachbarn geben die, die beiden erkennen, hoffe ich."

Thomas war etwas verzweifelt.

„Wir fahren jetzt ins Krankenhaus, los." Thomas war wild entschlossen, alles zu versuchen.

„Ich sag Molly noch Bescheid, dass er die Fahndung einleiten soll."

Robert kam ohne Schwierigkeiten über die Grenze.

Bis zum Mondsee dauerte es noch etwas, Aber er wollte warten bis es dunkel ist, deshalb hielt er bei einer Raststätte an. Er wollte hier etwas essen, und sich ausruhen. Er war doch ziemlich erledigt.

Thomas und Barbara gingen in der Eingangshalle des Krankenhauses direkt zur Information.

Als sie ihre Geschichte vorbrachten, kam es ihnen selbst etwas merkwürdig vor.

„Wir suchen eine Herta, die am Sonntag auf dem Flohmarkt von *Natzing* zusammengebrochen ist." Thomas sprach so amtlich wie möglich.

Die Dame an der Information schaute sie etwas verwundert an.

„Können sie sich vorstellen, wie viele Hertas hier liegen? Wir haben 600 Betten. Aber selbst, wenn es nur eine gäbe, dürfte ich ihnen ohne richterlichen Beschluss keine Auskunft geben."

„Es wäre aber wirklich wichtig. Es geht um ein Kapitalverbrechen." Thomas versuchte es mit einer Charme-Offensive.

„Tut mir leid, kommen sie wieder, wenn sie einen richterlichen Beschluss haben."

Die Dame war nett, aber unerbittlich.

„Wir haben es versucht", seufzte Thomas.

„Du kannst ja ganz schön charmant sein", stellte Barbara fest.

„Machen wir für heute Schluss, und ich zeig dir zu Hause, wie charmant ich sein kann." Er grinste frech und küsste sie.

„OK, dann lass mal sehen", gab sie spitzbübisch zurück.

Schwester Inge von der Herzstation hatte Pause, und besuchte ihre Freundin Evelin an der Information.

„Also du glaubst gar nicht, was es alles gibt. Gerade eben waren zwei von der Kriminalpolizei hier, und suchten eine Herta, die auf einem Flohmarkt zusammengebrochen sei. Sie wussten nur den Vornamen. Es ginge um ein Kapitalverbrechen, meinten sie." Evelin wunderte sich immer noch.

„Das ist aber eigenartig", antwortete Inge. „Meine Patientin heißt Herta, und ist auf einem Flohmarkt zusammengebrochen. Ihr geht es gar nicht gut. Sie liegt im Koma, und wacht einfach nicht auf. So, als wollte die überhaupt nie mehr aufwachen. Das seltsame ist, ihr Mann hat sie gebracht und ist nicht mehr aufgetaucht. An das Telefon geht er auch nicht.

Was für ein Kapitalverbrechen soll das sein?"

„Keine Ahnung, aber die kommen bestimmt wieder mit einem Beschluss", meinte Evelin.

„Ich muss wieder". Inge ging nachdenklich zu ihrer Station.

Gisela und Josef genossen den warmen Sommerabend auf der Terrasse. Ein paar Kerzen brannten, und der rote Wein funkelte in den Gläsern. Sie spielten *Triolet* ihr Lieblingsspiel und Josef hatte eine Cassette mit Oldies eingelegt. Eigentlich wäre das ein schöner Abend, wenn nicht immer wieder der Mord in ihrem Gedächtnis eine Rolle spielen würde.

„Irgendwie hätte ich Lust etwas wegzufahren, nur ein paar Tage, nicht weit, einfach mal weg von hier. Im Moment ist alles so furchtbar."

„Wir können ja mal die nächste Woche ins Auge fassen. Vielleicht nach Salzburg und an einen der Seen. Attersee, oder Wolfgangsee, Fuschlsee, oder wie wäre, der Mondsee. Das ist nicht so weit." Josef war einverstanden.

„Oh ja, da sind wir noch nie gewesen, ich schau mal gleich bei Booking.com nach Unterkünften."

„Morgen kommen die Bilder in die Zeitung, ob sich jemand meldet. Ich hoffe doch sehr."

„Bestimmt melden sich die Nachbarn. Es steht ja nicht dabei, dass sie unter Mordverdacht stehen, sondern nur, dass man sie als Zeugen befragen will. Jedenfalls hat das Kommissar Lindner gesagt. Komm, es ist spät, gehen wir ins Bett."

Als es dunkel war, fuhr Robert die letzten Kilometer zu seinem Ferienhaus, in die kleine Gemeinde Innerschwand in der Nähe des Mondsee.

Das Haus war nicht groß, gerade recht, für eine kleine Familie. Herta hatte es zweckmäßig eingerichtet, und als ihr Sohn noch klein war, sind sie oft in den Ferien hier gewesen. Aber in den letzten Jahren nur noch selten. Eigentlich wollten sie es verkaufen. Gut, dass sie es nicht getan haben, dachte er.

Das Nachbarhaus stand in einiger Entfernung, sodass man eine gute Privatsphäre hatte. Es war kein Licht zusehen. Er wusste nicht, wem das Haus jetzt gehörte. Er schleppte sein Gepäck so leise wie möglich ins Haus, machte kein Licht, und verschloss die Tür.

Er war allein.

Plötzlich fühlte er sich einsam.

Er war sehr müde, und so ging er ins Bett. Aber es dauerte Stunden bis er einschlafen konnte.

Dienstag

Paul Winter saß auf seinem kleinen Balkon, und studierte die Zeitung
Aha, jetzt sind die Phantombilder in der Zeitung und ein Aufruf. Man
brauche sie zu einer Zeugenaussage, und sie sollten sich bitte mit der
Polizei in Verbindung setzen. Auch Nachbarn sollten sich melden,
falls sie wüssten, wo sich die beiden Personen aufhalten.

Es wurde aber auch Zeit.

Er genoss die Aussicht auf seinem Balkon, er hatte eine unverbaubare
Bergsicht.

Hier ist er oft mit seinem Lottchen gesessen, und sie haben ein Bierchen oder ein Gläschen Wein getrunken. An solchen Tagen ver-
misste er sie besonders stark. Ein bisschen bleib ich noch sitzen, beschloss er. Dann geht es auf die Flaschenrunde. Der Fuß tat zwar
noch etwas weh, aber er konnte einigermaßen laufen.

Wo der Mörder wohl hingefahren ist, nach Hause ganz bestimmt
nicht. Wahrscheinlich hat er irgendwo einen Schlupfwinkel. Hoffentlich hat die Polizei bald Erfolg, und findet ihn.

Maria Berger machte das Frühstück für sich und ihren Mann. Erwin
Berger las die Zeitung, immer von hinten. Erst die Todesanzeigen,
dann die Kleinanzeigen, vor allem die Autoseite, er braucht dem-
nächst ein neues Auto, sein alter Fiat kommt nicht mehr durch den
TÜV. Dann der Sport. Aber am Dienstag ist da nicht viel los. Jetzt
die Märkte, und was im Kino läuft, oder im Theater, ob es irgendein
Fest gibt.

„Du Maria, die spielen *Maria Stuart*, in Rosenheim, das wäre doch
was, hättest du Lust."

„Ja warum nicht, wann ist denn die Aufführung."

„Warte ich schau mal. Nächstes Wochenende am Samstag ist die Premiere. Ich ruf mal an, ob es noch Karten gibt."

Jetzt die Lokalseite, die war als nächstes an der Reihe. Da entdeckte er die Phantombilder und rief seine Frau.

„Schnell, Maria, komm mal her, schau mal, ist das nicht der Robert? Der wird von der Polizei gesucht."

Maria schaute über die Schulter ihres Mannes.

„Das ist doch, gib mal her, das muss ich sehen."

Sie nahm sich das Blatt, und las den Text.

„Das darf doch nicht wahr sein. Gestern war die Polizei hier, wegen dem Auto von Philipp, und heute suchen sie Robert und die Herta. Das hat doch was zu bedeuten. Da muss ich anrufen, sagte es, und greift sich das Telefon.

„Wart doch mal, was willst du denn sagen", fragte ihr Mann.

„Na, wer das ist, und wo der wohnt, da stimmt was nicht. Das habe ich mir gleich gedacht, der ist mir sowieso nicht geheuer. So ein unsympathischer Kerl."

Auch bei Frau Mayer wurde die Zeitung gelesen

Sie schaute sich die Lokalseite an, und war von dem, was da drinstand, erschrocken. Das ist doch Robert, ihr Nachbar und Herta, seine Frau. Sie schaute zum Fenster raus. Beim Haus von den beiden war alles ruhig. Er war nicht zu entdecken. Seit Sonntag hat sie den Robert nicht mehr gesehen. Wahrscheinlich ist er im Krankenhaus bei Herta, das hat er ja erzählt.

Was mach ich jetzt, soll ich die Polizei anrufen?

Irgendwie kann man das doch nicht machen. Der hat doch schon genug Sorgen, denk ich. Wobei soll der Zeuge sein. Ich weiß nicht, ich wart bis er wieder heimkommt. Dann sage ich ihm Bescheid, und er kann sich selbst melden.

Ja, das ist das Beste, entschied sie.

Im Präsidium klingelte das Telefon. Resi schluckte schnell die Brezel runter.

„Kripo Traunstein, Stocker."

„Hier spricht Maria Berger, ich habe eine Aussage zu machen, und möchte mit Kommissar Lindner sprechen."

Maria Berger wurde mit Thomas Lindner verbunden.

„Mein Name ist Maria Berger. Sie waren gestern bei mir wegen dem Auto des Nachbarn, Philipp Ackermann."

„Ja, ich erinnere mich. Was kann ich für sie tun."

„Ich weiß, wer das ist.

Der in der Zeitung.

Der Mann heißt Robert Faust und seine Frau Herta. Er ist ein, Kegelbruder, von Philipp Ackermann und auch von meinem Mann. Er wohnt im Forellenweg 9, in Altherrenberg.

Muss ich zu ihnen kommen, damit sie meine Aussage aufnotieren können?" Frau Berger war sehr eifrig.

„Sind sie sich ganz sicher, über die Identität der Personen", fragte er.

„Ganz sicher, 100 Prozent. Obwohl die Bilder nicht besonders gut sind."

„Wir fahren dann so wieso nach Altherrenberg, dann würden wir bei ihnen vorbeischauen, wenn es nötig ist, sind sie am Vormittag zu Hause?"

„Ja, ich warte dann auf sie."

„Vielen Dank für Ihre Aufmerksamkeit, ich wollte, es gäbe mehr so Zeugen wie sie."

Jetzt herrschte große Aufregung in der Mordkommission, endlich ein Durchbruch.

„Wir brauchen einen richterlichen Beschluss zur Hausdurchsuchung, und zur Befragung im Krankenhaus. Barbara das besorgst du. Molly, du gehst später mit, und kümmerst dich um die Nachbarn."

Eine Stunde später waren sie unterwegs.

Frau Mayer hörte ein Auto heranfahren, und danach kam noch ein Polizeiauto. Ein Paar stieg aus dem ersten Auto aus, und läutete bei der Familie Faust.

Sie machte das Fenster auf, und rief rüber.

„Da ist wahrscheinlich niemand zu Hause. Die Frau ist im Krankenhaus, und er besucht sie. Der Herr Faust hat sogar ein Bett bekommen, damit er nicht hin und her fahren muss."

„Wissen Sie das ganz sicher? Haben sie gesehen, dass er weggefahren ist? Wir brauchen ihn für eine Zeugenaussage."

„Nein, seit Sonntagabend habe ich ihn nicht mehr gesehen, aber ich bin ja nicht immer da."

„Gut, dann fahren wir jetzt ins Krankenhaus, und du befragst die Nachbarn. Du weißt schon, ob ihnen was Besonderes aufgefallen ist. Wenn wir nichts erreichen, treffen wir uns wieder hier, ehrlich gesagt, glaube ich nicht, dass er im Krankenhaus ist. Geh auch zu Frau Berger, im Moosgrund 25, und nimm ihre Aussage auf. Ich ruf dann an, wenn wir wieder hierherkommen müssen."

Im Krankenhaus trafen sie wieder auf Evelin an der Information.

„Hier ist der Beschluss, wo können wir Frau Herta Faust finden?"

Sie sah im Computer nach.

„Bettenhaus 4--3.Stock--Zimmer 332, fragen sie nach Schwester Inge, oder dem Stationsarzt, Dr. Stacheder."

Als die beiden zum Aufzug gingen, rief Evelin die Station an.

„Du, Inge die Polizei ist im Anmarsch."

„Gut, Danke."

Sie legte auf, und machte sich auf den Weg, zum Arztzimmer von Dr. Stacheder.

„Entschuldigung Herr Doktor, die Kriminalpolizei kommt wegen der Frau Faust."

„Was soll diese arme Frau denn angestellt haben?"

„Ich habe keine Ahnung. Aber sie waren schon mal da, doch da hatten sie noch keinen richterlichen Beschluss."

„Na, wir werden sehen, viel können sie nicht machen, bevor sie nicht aufwacht, unser erstes Anliegen, ist das Wohl des Patienten."

Auf der Station angekommen, wurden Barbara und Thomas sofort vom Stationsarzt empfangen.

Sie erklärten ihm, dass sie unbedingt mit Frau Faust sprechen müssen. Sie sei wahrscheinlich Zeuge eines Kapitalverbrechens.

Dr. Stacheder war jetzt doch etwas erstaunt, von dieser Aussage, was sollte diese arme Frau angestellt haben. Er erklärte den Kommissaren, dass Frau Faust im Koma liegt, und es noch nicht abzusehen ist, wann sie aufwacht. Vom medizinischen Standpunkt aus, ist es nicht zu verstehen, warum sie nicht aufwacht. Man hat das Gefühl, sie will gar nicht wach werden, und wenn man jetzt hört, dass es ein Verbrechen gegeben hat, und sie Zeuge war, dann kann man es in etwa nachvollziehen.

„Was ist das denn für ein Verbrechen?"

„Darüber können wir keine Auskunft geben", antwortet Barbara.

Thomas bat den Arzt ihn zu informieren, wenn die Frau Faust wieder ansprechbar ist

Dann wollte er noch wissen, ob der Ehemann hier sei.

„Das ist schon seltsam. Der Herr Faust hat seine Frau bei der Einlieferung besucht, und ist seitdem nicht mehr erschienen. Wir brauchen noch einige Angaben, aber wie gesagt, er ist nicht zu erreichen, auch telefonisch nicht." Dr.Stacheder wirkte nachdenklich.

„Dürfen wir die Dame sehen", fragte Thomas.

Der Arzt führte sie in das Zimmer, wo eine kreidebleiche Frau, völlig bewegungslos im Bett lag.

„Ja da sind wir im Moment machtlos." Thomas war enttäuscht.

„Der hat sich aus dem Staub gemacht", vermutete Barbara.

„Ich ruf Molly an." Thomas wirkte gestresst.

„Molly, bitte befrag die Nachbarin und die Frau Berger, ob es Verwandte gibt, Sohn, Tochter, wo er eventuell unterschlüpfen kann.

Wir treffen uns vor dem Haus. Wir müssen rein. Besorg den Schlüssel."

„Der ist verschwunden."

Molly fluchte leise, wandte sich an Frau Berger, und fragte, was der Chef ihm aufgetragen hatte.

„Also einen Sohn haben sie, da bin ich sicher, aber soweit ich weiß, keinen engen Kontakt. Wo der wohnt, keine Ahnung.

Tut mir leid."

Molly ging wieder zurück in den Forellenweg, und klingelte bei Frau Mayer. Auch ihr stellte er die Fragen, und auch sie wusste vom Sohn, sogar, dass er Bernhard heißt, aber wo er wohnt, wusste sie nicht.

„Die sind total zerstritten. Der war nie da."

Frau Mayer wurde neugierig.

„Was ist eigentlich los? Ist Robert Faust nicht im Krankenhaus? Er kann ihnen die Fragen alle beantworten."

„Haben sie einen Schlüssel zu dem Haus", fragte er, ohne auf sie einzugehen.

„Nein, tut mir leid, so dicke waren wir nicht." Sie ärgerte sich, dass ihre Neugier nicht gestillt wurde.

Das krieg ich schon raus, dachte sie, von wegen Zeugenaussage, dafür so einen Aufwand.

Da stimmt was nicht. Die ewige Heulerei von Herta, das war schon verdächtig.

Als die beiden Kommissare wieder vor der Tür vom Ehepaar Faust standen, lag Frau Mayer am Fenster und beobachtete das Geschehen.

Der Polizist öffnete die Haustür mit einem Dietrich, und dann verschwanden alle im Innern des Hauses.

Die Stille im Haus war fast greifbar, alles wirkte verlassen.

„Was suchen wir genau", fragte Molly.

„Vor allen Dingen, ein aktuelles Bild von ihm, und ein Hinweis, wo er sein könnte.

Adresse vom Sohn, Hotel, Ferienwohnung, Rechnungen, Geld- Abhebungen, Computer."

„Also das Haus wirkt verlassen, schau mal, die Schrankseite ist leer."

„Der Kühlschrank wurde auch leergeräumt."

Der Anrufbeantworter blinkte.

„Hallo Robert, hier spricht der Sepp. Habe dich leider nicht erreicht, kann erst am Mittwoch kommen, wegen der Waschmaschine, sag Bescheid, wenn es passt.

Alles Gute für die Herta. Servus."

„Hier spricht das Krankenhaus Traunstein. Wir brauchen noch einige Angaben ihrer Frau. Bitte rufen sie zurück. Oder melden sie sich bei der Schwester, wenn sie ihre Frau besuchen. Danke."

Barbara blätterte in einem Fotoalbum.

„Hier, ein Bild von Robert Faust, im Garten. Es ist vom letzten Jahr."

„Computer gibt es keinen, den hat er bestimmt mitgenommen."

„Die Bank ist die, *Sparda Bank* ", meinte Thomas. „Da werden wir anschließend hinfahren."

„Hier in der Schublade liegt ein Adressbuch. Die Telefonnummer von Bernhard Faust ist aufnotiert. Er wohnt in Stuttgart. Ich ruf da gleich mal an."

Aber er hatte Pech. Nur der Anrufbeantworter.

„Hier spricht Kommissar Lindner, Kripo Traunstein, bitte rufen Sie mich unter der Nummer Traunstein 1224466800 zurück."

„Ja der Vogel ist ausgeflogen, und wir wissen nicht wohin.

Die Frau mehr tot, als lebendig.

Der Sohn nicht erreichbar.

Totale Pleite." Thomas, war mehr als enttäuscht.

„Aber es ist ziemlich sicher, dass er der Mörder ist, sonst wäre er doch nicht abgetaucht, und würde seine Frau allein lassen." Barbara wollte ihn etwas aufmuntern.

„Da hast du recht. Wir fahren noch zur Bank und dann ins Präsidium.

„Molly, gibt's du das Bild an die Presse, und an die Grenze mit den richtigen Autonummern. Jetzt wissen wir wenigstens wie er aussieht."

„Meinst du, er hat sich ins Ausland abgesetzt", fragte sie.

„Eigentlich glaub ich das nicht. Da müsste er einen Unterschlupf haben und dafür gibt es keinen Hinweis. Aber wer weiß."

In der Bank wurde ihnen bestätigt, dass der Verdächtige, mehrmals, große Mengen Geld abgehoben hat. Von Bad Fischbach aus.

Robert verkroch sich den ganzen Tag im Haus.

Er beobachtete das Nachbargrundstück. Es war niemand zu sehen. Alles war ruhig.

Entweder ist derjenige verreist, oder es ist unbewohnt. Das ist doch gut, dachte er. Das Auto hatte er vorsichtshalber etwas entfernt geparkt.

Er überlegte, was er als nächstes tun sollte.

Im Internet hatte er den, *Traunsteiner Boten*, aufgerufen und festgestellt, dass ein Phantombild von ihm, und Herta drinnen abgebildet ist. Das war schrecklich, wie kommen die so schnell auf uns, er war ratlos. Ihm wurde richtig schlecht. Die Bilder waren ziemlich genau, und er überlegte was er tun sollte, Er beschloss sein Äußeres zu verändern.

Haare färben, Brille tragen, und Bart wachsen lassen, waren die ersten Überlegungen und seine Erscheinung bzw. die Kleidung musste er wechseln.

Anzüge, Sakko, wäre eine Möglichkeit, und er wollte Sport treiben, um abzunehmen.

Zunächst musste die Verkleidung aus der Tüte genügen. Er brauchte einen Supermarkt, um einzukaufen. Gesagt getan. Als er nach zwei Stunden zurückkam, hatte er alles notwendige gefunden und er schritt zur Tat.

Im Präsidium war die Hölle los. Ständig riefen Leute an, die Robert Faust gesehen hatten. Meist gleichzeitig, an zwei unterschiedlichen Orten. Es war zum Haare raufen. Molly kümmerte sich um die Telefonate.

Ein Förster rief an, der im Wald eine Autonummer gefunden hatte. Eigentlich war es sein Hund, der die Kennzeichen ausgebuddelt hatte.

Auf seine Nachfrage stellte Molly fest, dass das die Autonummern von Philipp Ackermann waren. Er bestellte den Förster ein.

Das war zwar ein positives Puzzlestück, aber brachte keine Lösung des eigentlichen Problems.

Gerade hatte Thomas beschlossen Schluss zu machen, als das Krankenhaus anrief. „Frau Faust ist aufgewacht. Sie wäre zwar noch sehr schwach, aber bei klarem Verstand. Morgen Mittag könnte er vorbeikommen, und sie befragen."

„Na, das sind doch mal gute Neuigkeiten. Thomas wurde wieder etwas zuversichtlicher.

Womöglich geht es jetzt doch etwas vorwärts. Seine Laune verbesserte sich schlagartig.

Er wollte heut Abend mit Freunden und Barbara zum Bowlen gehen, und jetzt hatte er richtig Lust drauf.

Der Abend wird bestimmt sehr lustig. Es herrschte Hochbetrieb in der Bowlingbahn.

Seine Bandmitglieder, Tobias und Gerhard, kamen mit ihren Frauen. Alle waren schon sehr gespannt auf Barbara. Schließlich hatte Thomas noch nie eine Frau mitgebracht

Eine Premiere also.

Wenn Barbara das geahnt hätte, wäre sie vielleicht gar nicht mitgegangen, und Thomas war die Situation, in welche er Barbara brachte, überhaupt nicht klar gewesen. Claudia, die Frau von Tobias, nahm sich Barbara an. Die Beiden fanden sich auf Anhieb sympathisch. Sie waren nicht die Besten beim Bowling. Es war eher zufällig, wenn die Kugel den richtigen Weg fand. So stand für die Damen, an erster Stelle der Spaß, und für die Herren, der sportliche Ehrgeiz. Sie amüsierten sich über den verbissenen Kampf der drei Männer. Gabi, die Freundin von Gerhard, war etwas schüchtern, und taute erst etwas später auf. Dann aber waren sie der Meinung, das Bowling unheimlich lustig ist, aber auch wahnsinnig hungrig macht.

Es duftete verführerisch nach Pizza und so bestellten sie sich welche. Auch die Herren der Schöpfung bekamen etwas ab. Am Ende des Abends waren sich alle einig. Das müssen wir wiederholen. Barbara war ein Gewinn für die Gruppe, und sie gratulierten insgeheim Thomas, zu seiner guten Wahl.

Im Krankenhaus lag Herta Faust in ihrem Bett und wusste nicht, was sie machen sollte. Anscheinend war sie fast drei Tage im Koma gelegen, und kein einziges Mal ist Robert, ihr Mann hier gewesen. Jedenfalls hat die Schwester das erzählt. Wo ist er?   Wohl kaum bei dem Bernhard.   Die Beiden hatten ein schlechtes Verhältnis.   Ist der Herbert erwischt worden?   Wurden wir doch gesehen.?   Ist er verhaftet?   Hat er sich gestellt?   Nein!

Robert hatte jetzt schwarze Haare, und eine Brille. Ein neues Sakko, und eine schicke Hose trugen zu einem neuen Lebensgefühl bei. Jetzt wird er ein neues Leben anfangen. Er ging zufrieden und beruhigt zu Bett.

Mittwoch

Beim Frühstück saßen Thomas und Barbara bei Kaba und Tee zusammen

„Deine Freunde sind wirklich nett, besonders die Claudia, mit der habe ich mich gleich gut verstanden. Seit wir zusammen sind, habe ich schon so viel Schönes und Interessantes erlebt. Ich will mich bei dir bedanken."

„Das ist doch auch für mich schön mit dir, wir nehmen und geben, so wie es in einer guten Beziehung sein soll. Sogar Kaba hast du schon besorgt." Er küsste sie zärtlich. Barbara war sehr glücklich.

Bei Herta im Krankenhaus herrschte keine so glückliche Stimmung.

Während der Visite hatte man ihr mitgeteilt, dass die Polizei heute Mittag kommt, und mit ihr sprechen will.

„Was wollen die denn von mir? Ich will sie nicht sehen. Mir geht es noch nicht gut genug, jammerte sie."

„Wir werden das Gespräch erst mal ganz kurzhalten. Sie brauchen keine Angst haben. Es soll sich nur um eine Zeugenaussage handeln, das kann ja nicht so schlimm sein."

Der Arzt versuchte sie zu beruhigen.

„Was soll ich denn gesehen haben? Ich habe keine Ahnung."

Sie weinte leise vor sich hin.

„Jetzt regen sie sich nicht auf. Wir werden sehen. Aber direkt wegschicken können wir die Kommissare nicht. Sie haben einen richterlichen Beschluss."

Der Arzt jetzt war doch etwas besorgt, weil die Frau sich so aufregte. Womöglich ist es noch zu früh. Nicht, dass sie nochmal einen Infarkt bekommt.

Als Dr. Stacheder weg war, fragte Frau Faust die Schwester, ob sie ihr ein Telefon besorgen könnte, und vielleicht die Zeitung der letzten Tage.

„Wenn sie ihren Mann erreichen, wir brauchen noch die Karte der Krankenkasse, wegen der Abrechnung".

„Die müsste in meiner Handtasche sein." Herta suchte in ihrer Tasche, und gab die Karte der Schwester.

„Das Telefon besorge ich für sie."

„Vielen Dank." Herta legte sich erschöpft in die Kissen.

Am besten sage ich gar nichts.

Und mir gehts nicht gut. Was ja auch stimmt.

Erstmal Zeit gewinnen, bis ich Robert erreicht habe. Dann sehen wir weiter.

„Die Beerdigung von Martin ist um 11.00 Uhr, meinst du, dass wir hinterher mit zum Leichenschmaus gehen, oder spielen wir Boule?" Gisela war sich nicht sicher.

„Ich glaub nicht, dass wir spielen, richten wir uns nach den anderen."

Barbara und Thomas fuhren ins Krankenhaus. Sie waren ein bisschen aufgeregt. Was wird passieren? Werden wir der Auflösung des Falles näherkommen?

Auf der Station mussten sie auf den Stationsarzt warten, er wollte zuerst noch mit ihnen reden.

Es dauerte eine ganze Weile. Thomas wurde immer nervöser. Nach einiger Zeit kam der Doktor dann angerauscht, mit wehendem Kittel.

Dr. Stacheder begrüßte die beiden Kommissare.

„Entschuldigung, es gab noch einen Notfall. Ich möchte sie wirklich bitten, vorsichtig mit Frau Faust umzugehen. Sie ist noch sehr schwach, und weiß überhaupt nicht, was sie von ihr wollen. Seit sie erfahren hat, dass sie kommen, weint sie nur noch. Seien sie behutsam."

Dr. Stacheder war sehr besorgt.

„Wir werden uns alle Mühe geben", versprach Thomas.

Sie klopften an, und traten ins Zimmer. Frau Faust hatte ihnen den Rücken zugekehrt.

„Guten Tag, Frau Faust, mein Name ist Lindner, und das ist meine Kollegin Hafer. Wie geht es ihnen, schaffen sie es, ein paar Fragen zu beantworten?"

Zuerst kam keine Antwort, dann drehte sie sich langsam um.

„Mir geht es sehr schlecht, können Sie mich nicht in Ruhe lassen?"

„Nur ganz kurz, wo waren sie und ihr Mann am letzten Mittwoch, so um 13.00 Uhr?"

„Das ist doch schon ewig her. Wie soll ich wissen, wo wir da gewesen sind.

Ich lag im Koma, die letzten drei Tage. Ich kann mich an nichts erinnern."

„Kann es sein, dass sie im Kurpark von Bad Fischbach spazieren gegangen sind. Sie wurden dort gesehen."

„Das kann nicht sein. Dort waren wir schon lange nicht mehr. Da hat sich jemand geirrt."

„Wo ist ihr Mann?"

„Ja das würde ich auch gerne wissen, ich habe ihn noch nicht erreicht. Vielleicht bei unserem Sohn. Keine Ahnung, ich mach mir schon Sorgen. Womöglich ist was passiert."

„Wir brauchen ihre Fingerabdrücke, und die ihres Mannes, um etwas abzuklären.

Der Arzt kam rein.

„Für heute ist es genug, bitte. Frau Faust muss sich ausruhen."

Herta drehte sich wieder um. Sie war dem Doktor dankbar.

„Auf Wiedersehen, bis morgen." Sie verließen das Zimmer.

„Ein Satz mit X, war wohl nix", frotzelte Barbara.

„Ich bin überzeugt, die knacken wir noch." Thomas war zuversichtlich.

„Sie spielt nur auf Zeit. Die hält das nicht lange durch. Wenn es ihr erst mal klar wird, dass ihr Ehemann sie im Stich gelassen hat, dann wird sie schwach und fällt um.

Morgen kommen wir mit den Fingerabdrücken und dem DNA-Test."

Gott sei Dank, sie sind weg, dachte Herta.

Wo ist nur der Robert?   Er geht nicht ans Telefon.   Das Handy ist ganz aus.

Bei Bernhard, nur der Anrufbeantworter.

Ich nehme mir mal die Zeitung vor.

Montag stand nichts Relevantes drin. Doch, die Todesanzeige von Martin Schneider. Na sowas, der ist gestorben, er war eigentlich sehr nett.

Dienstag, auf der lokalen Seite, oh mein Gott,

Phantombilder--von ihr und Robert, nicht besonders gut, aber wer das sieht, und uns kennt, wie furchtbar.

Sie schluchzte laut auf.

Mittwoch, die Lokalseite, ein Foto von Robert in ihrem Garten. Bei Herta setzte für eine Sekunde das Herz aus.

Wo haben die das Bild her?

War die Polizei in unserem Haus? Wo ist Robert?

Sie sank in die Kissen.   Wo sind wir da rein geraten?   Was soll ich nur machen?   Bin krank.   Allein.   Ich kann mich doch zu Hause nicht mehr sehen lassen.   Die Mayerin, die reibt sich doch die Hände.   Mein Mann, ein Mörder, und ich habe zugesehen. Ich bin genauso schuldig.   Wo ist Robert.? Hat er sich aus dem Staub gemacht?   Und mich hier allein gelassen.   Mich im Stich gelassen. Das würde er doch nicht tun.

Oder doch?

Wieder trafen sich alle Boule-Spieler zu einer Beerdigung.

Schon zum zweiten Mal in dieser Woche.

Da Martin sehr viele Freunde und Bekannte hatte, und in verschiedenen Vereinen Mitglied war, kamen noch mehr Leute zusammen, um Abschied zu nehmen.

Viele Kränze und Blumenschmuck. Eine Fahnenabordnung. Die Musikkapelle spielte, Ich hatte einen Kameraden.

Der Bürgermeister hielt eine kleine Ansprache, und würdigte Martins Arbeit für die Stadt. Der Sportverein legte einen Kranz nieder, und bedankte sich für die Zeit, die Martin der Leichtathletik gewidmet hatte.

Der Küster lud am Schluss den Pfarrer, die Fahnenträger, alle Freunde und Nachbarn zum Wirtshaus, Goldener Pflug, ein.

Die Boule-Freunde gingen gerne mit. Sie erzählten sich nette Geschichten, die sie mit Martin erlebt hatten und lachten über seine lustigen Sprüche und kleine Witzchen. Er war immer gerecht, machte nie Ärger, und war immer gut gelaunt, obwohl es ihm nicht immer gut ging.

Martin wird uns fehlen, das dachte jeder.

Im Ferienhaus am Mondsee saß Robert in dem kleinen Garten, und wusste nichts mit sich anzufangen.

Gerade wollte er sich einen Tee kochen, als ein Auto beim Nachbarhaus vorfuhr.

Er schaute vorsichtig um die Ecke, und erkannte den Besitzer.

Ferdinand Wiesner, war ein kleiner, dicker, gemütlicher Kerl, mit einer Glatze. Ein paar spärliche Haare gab es noch, ganz hinten unten.

Allerdings hatte er einen gewaltigen Bart, den er sehr liebte, und deshalb besonders pflegte. Meist trug er Lederhosen und bunte Hemden. Er war Witwer, und wohnte seit ewigen Zeiten allein in dem Haus. Seine Frau Karoline ist schon sehr lange tot. Ursprünglich stammt er aus Deutschland, Bayern. Aber er blieb in Innerschwand wohnen. Hier gefiel es ihm, hier hatte er seine Freunde.

Er wohnt also immer noch hier, dachte Robert.

Man kannte sich, aber es war nur ein sehr lockeres Kennen, keine Freundschaft.

Ferdinand kam auf Robert zu.

„Ach sind sie auch mal wieder da? Schon lange nicht mehr hier gewesen.

Ich komme gerade von Ruhpolding, und habe meine Mutter besucht. Es geht ihr nicht so gut. Na, wir werden alle nicht jünger."

„Ja, ich brauche etwas Ruhe, und bin deshalb allein hier, schönen Tag noch", sagte es, und verschwindet im Haus.

Komischer Kerl, denkt sich Ferdinand. Er färbt sich die Haare, und eine Brille braucht er auch. Anscheinend will er sich einen Bart wachsen lassen.

Er trägt sein Gepäck und die Obst- und Gemüsekiste, die ihm seine Mutter hergerichtet hat, ins Haus.

Dann telefoniert er mit Ludwig und Sebastian, um ein Schafkopfspiel für den nächsten Abend auszumachen.

Nun freute er sich aufs Essen. Seine Mutter hat es sich nicht nehmen lassen, einen Schweinsbraten für ihn zu zaubern. Den besten von ganz Bayern, wenn nicht gar von ganz Deutschland. Obwohl sie solche Schmerzen in den Hüften hat. Es gab noch Knödel und Kraut dazu, und ein Weißbier fand er im Keller. Es schmeckte hervorragend. So gesättigt, säuberte er das Geschirr, und fing an seine Sachen aufzuräumen. Die Schmutzwäsche und die Bergschuhe kamen in den Keller, ebenso das Gemüse aus Mutters Garten. Als er den Salat aus dem Zeitungspapier auswickelt, sieht er seinen Nachbarn in der Zeitung.

Beim Leichenschmaus gab es Wiener, Debreziner, Weißwurst und frische Brezen. Wer lieber Kuchen wollte, für den gab es eine reiche Auswahl. Es schmeckte allen. Die Freunde beschlossen morgen zu spielen.

Gisela und Josef sagten ab. Sie wollen ein paar Tage verreisen.

Gisela hat eine günstige Pension in Innerschwand am Mondsee gefunden. Dort wollen Sie morgen hinfahren, mal andere Luft schnappen, meinte sie.

Barbara und Thomas kochten heute bei ihm in der Wohnung. „Heute bleiben wir mal zu Hause und gehen früh ins Bett", meinte sie.

Thomas machte den Salat, und Barbara die Quiche. Als Nachtisch war Eis mit heißen Himbeeren geplant. Der Weißwein stand im Kühlschrank.

„Wo meinst du, ist der Faust abgeblieben, denkst du seine Frau weiß es?"

„Ich glaube nicht, dass sie eine Ahnung hat. Vielleicht hat er Freunde, die ihm helfen."

„So und nun kein Wort mehr von der Arbeit."

„Nächste Woche spielen wir in Rosenheim, in einem Café, kommst du dann mit-- als Fan."

„Was für eine Frage. Das lass ich mir nicht entgehen."

„Deckst du draußen auf der Terrasse, denn das Essen ist gleich fertig."

„Ja gerne." Thomas drückte sie fest an sich, und flüsterte ihr ins Ohr.

„Ich bin glücklich." Barbara strahlte mit der Sonne um die Wette.

„Ich auch."

Bis zum Sonnenuntergang saßen sie draußen, genossen den Wein und das Essen. Dann gingen sie zu Bett.

Ferdinand las den Artikel genau, Da stand, dass man das Paar wegen einer Zeugenaussage sucht. Die Phantombilder waren zwar nicht großartig, aber es war eindeutig der Nachbar aus dem Ferienhaus. Wahrscheinlich hat er überhaupt keine Ahnung, dass er gesucht und gebraucht wird. Er ist sicher schon ein paar Tage da, und kennt die Zeitung nicht. Seine Frau hat das wohl auch nicht mitgekriegt, sonst hätte sie ihn doch informiert. Ich werde ihm mal Bescheid geben.

Am besten heut Abend noch. Ferdinand machte sich auf den Weg zum Feriengast.

Robert sah ihn kommen. Er hatte eine Zeitung in der Hand. Was bedeutet das?

Er musste vorsichtig sein.   Er suchte eine Waffe.

Er wollte gerade ein Schnitzel klopfen, und hatte den Fleischklopfer in der Hand.

Ferdinand klingelte.   Robert öffnete die Tür.

„Guten Abend, entschuldigen Sie die Störung, aber ich habe gerade in der Zeitung gesehen, dass sie als Zeuge in Deutschland gesucht werden, mit einem Phantombild."

In dem Moment wusste er, dass er einen Fehler gemacht hatte.

Aber es war zu spät. Robert hatte schon zugeschlagen, schon wieder.

Ferdinand stöhnte, und ging zu Boden. Robert schlug erbarmungslos zu, und schon wieder mit tödlichem Ausgang.

Er wickelte ihn in den Flurteppich. Dann holte er das Auto und fuhr es direkt vor die Haustüre. In einem Plastiksack, der für die Gartenabfälle vorgesehen war, stopfte er den Körper, und hievte ihn in den Kofferraum.

Er lief zu Ferdinands Haus und schaute, was zu tun sei.

Alles aufräumen, als wäre er noch verreist.

Das Auto?   Wo ist der Schlüssel?

Er fand ihn, am Schlüsselbrett in der Garderobe.

Er arbeitete wie ein Roboter, ganz automatisch.

Am Ortsausgang gibt es einen Supermarkt, dort wird er den Wagen parken.

Danach!

Schnell zurück, aber nicht zu schnell.

Nicht auffallen. Das Haus absperren.

Dann rüber, und überlegen, was mit der Leiche passieren soll. Die Zeitung verbrennen. Die Schlüssel müssen weg. Und der Fleischklopfer.

Halt, gab es Blutspuren?

Er fiel völlig erschöpft, auf einen Küchenstuhl.

Da saß er nun, in seiner Küche.

Der Schweiß lief ihm den Rücken runter. Er zitterte am ganzen Körper. Er musste duschen, und sich umziehen.

In den See. Das war die Lösung.

Der See!

Nach der Dusche ging es ihm besser. Er war ruhiger geworden. Er musste mit dem Auto an den See. Es gab da eine Stelle, wo früher ein Boot lag.

Ob ich die noch finde, fragte er sich.

Ob das Boot noch da liegt? Er hoffte es sehr.

Im Flur entdeckte er den Ölfleck, auch ein paar Blutspritzer, die er rasch beseitigte. Dann gab es eine lange, helle Fläche. Das stammt vom Teppich.

Drumherum ist das Holz dunkler geworden. Den Ölfleck, hatten sie mit dem Flurteppich abgedeckt.

Da muss ich schnellstens was darüberlegen.

Aber zuerst die Leiche verschwinden lassen. Im Auto war ein Sack für Gartenabfälle. Da hinein wuchtete er die Leiche.

Er fuhr in die Nacht.

Gut, dass es dunkel ist, dachte er. Er fand die kleine Bucht. Er schaltete die Scheinwerfer aus, und kroch den verwilderten Pfad entlang zum See. Mit der Taschenlampe beleuchtete er sich den Weg und zog den Sack hinter sich her.

Welch ein Glück, das Boot war noch da. Es sah zwar schon etwas mitgenommen aus, aber alles war vorhanden. Er leuchtete die Bootswand ab, Er konnte kein Loch entdecken, die Ruder lagen innen auf dem Boden.

Er füllte ein paar Steine in den Sack und schnürte ihn so gut es ging, zu.

Also rein mit dem Kerl ins Boot, und dann los. Er ruderte soweit raus, bis er den Eindruck hatte, dass hier der See tief genug sei.

Der See war ganz still. Auf dem Wasser war keine Menschenseele, nur er und die Leiche. Der Mond beleuchtete die bizarre Szene.

Vorsichtig schob er den Körper über den Bootsrand, damit dass Boot nicht kippte. Der Sack versank ganz langsam mit dem Teppich und der Leiche in der Tiefe des Sees. Das Wasser gluckste und blubberte.

Man hörte einen Nachtvogel, eine Eule.

Als er wieder beim Auto ankam, und sich auf den Fahrersitz niederließ, heulte er plötzlich los.

Er konnte nichts dagegen machen.

Es dauerte ein paar Minuten, dann war die sentimentale Anwandlung vorbei.

Es war weit nach Mitternacht, als er sein Haus erreichte.

Robert legte sich ins Bett, und fragte sich, wie es weitergehen sollte.

Er hatte keine Ahnung, es war eine verfahrene Situation, in die er sich gebracht hatte.

Er wusste keine Lösung.

Donnerstag

Es sollte die nächsten Tage schön bleiben.

Gisela freute sich auf ihren Kurzurlaub. Nichts hören, von Leichen und Mördern. Nur Sonne und Natur.

Aber zuerst wollten sie noch, *Schloss Hellbrunn* besichtigen.

Die Koffer waren gepackt, das Haus verschlossen, die Nachbarn wussten Bescheid, und ihr Sohn würde den Garten versorgen. Es kann losgehen.

Thomas machte sich mit Barbara auf den Weg ins Krankenhaus. Hoffentlich hatten sie heute mehr Glück.

Beim Bernhard Faust hat sich wieder niemand gemeldet. Wahrscheinlich ist er im Urlaub.

Es läuft nicht so, wie er das gerne hätte, Thomas war unzufrieden.

Herta hatte eine unruhige Nacht. Sie fürchtete sich vor den Kommissaren. Robert hatte sich immer noch nicht gemeldet, und sie konnte ihn auch nicht erreichen. Bei Bernhard ging nur der Anrufbeantworter dran.

Es kann sein, dass er jetzt den Trip nach Alaska macht, von dem er erzählt hatte. Dann ist er wochenlang unterwegs und man keinen Kontakt mit ihm aufnehmen.

Sie zermarterte ihr Hirn, wie sie aus diesem Chaos wieder rauskommen sollte, in das sie ihr Mann reingeritten hatte. Es gibt keine Lösung, es ist eine verfahrene Situation.

Wenn sie gesteht, ist alles aus. Und wenn sie nichts sagt, sieht es auch nicht besser aus. Die Polizei ist uns auf den Fersen, und ins Ausland!

Auf einmal wusste sie, wo Robert sich versteckt hat.

Plötzlich fiel es ihr ein.

Am Mondsee!

Das Haus hatten ihre Eltern in den 60er Jahren gekauft, und mit ihren Kindern, ihr Bruder Herbert und sie Herta, ihre Ferien dort verbracht.

Es waren herrliche, unbeschwerte Zeiten. Lange vorbei, dachte sie wehmütig.

Später sind sie mit ihrem Sohn oft dort gewesen.

Der Mondsee ist, wie alle Seen des Salzkammerguts, in der Eiszeit entstanden und hatte in dieser Zeit einen 40 m höheren Wasserspiegel. Der See ist im Privat-Besitz, was eigentlich ungewöhnlich ist, für diese Groß-Seen Er sollte an den österreichischen Staatsforst übergehen. Aber man konnte sich nicht über den Preis einigen. Er soll 16 Millionen Euro wert sein.

In dem Ferienhaus ist er untergetaucht.

Davon haben wir nie irgendjemand was erzählt.

Aber warum meldet er sich nicht, oder geht ans Handy.

Na gut, er weiß natürlich nicht, wie die Nummer von hier ist.

Wie es mir geht. Ob ich noch lebe. Ob ich noch im Koma liege. Er kann sich ja nicht melden. Sonst fragen sie, warum er nicht kommt.

Natürlich, das Handy könnte man ja orten. Das wird der Grund sein, warum ich keine Verbindung mit ihm bekomme. Ja das könnte es sein. Das macht Sinn.

Aber wie verhalte ich mich?

Was sag ich der Polizei?

Heut nehmen sie die Fingerabdrücke ab, und das mit der DNA. Aber da kann von mir nichts dran sein.

Ich habe nichts angefasst.

Sie dachte und dachte. Der Kopf tat ihr schon weh.

Es klopfte.

Die Kommissare kamen rein.

Sofort fing Herta an zu zittern, und schwer zu atmen.

„Guten Tag, geht es ihnen heute besser", fragte Thomas.

„Nein, nicht wirklich." Sie hatte schon Tränen in den Augen.

„Warum lassen Sie mich nicht in Ruhe", schluchzte sie.

„Das kann ich ihnen sagen, weil es um ein Verbrechen geht, um Mord, und sie und ihr Mann sind am Tatort gesehen worden. Und jetzt ist ihr Mann verschwunden."

Er war verärgert.

„Wir brauchen ihre Fingerabdrücke und die DNA."

„Sie sind ja verrückt geworden, was habe ich mit einem Mord zu tun."

Sie schrie ihm ins Gesicht, wurde bleich. Sie hyperventilierte und fiel in Ohnmacht.

Schwester Inge kam zur Tür rein, sie erschrak, als sie Herta regungslos auf dem Bett liegen sah.

„Um Gottes Willen, was ist passiert, was haben sie gemacht?"

„Ja nichts, sie hat sich so aufgeregt, weil wir die Fingerabdrücke und DNA brauchen. Aber das habe ich ihr gestern schon gesagt."

„Ich hol Dr. Stacheder". Sie lief davon.

„Das war vielleicht etwas brutal", meinte Barbara.

„Ja, kann sein, aber sie weiß was, und versteckt sich hinter ihrer Krankheit. Wir brauchen diese Informationen."

Dr. Stacheder kam zur Tür rein, und kümmerte sich um Frau Faust.

Sie wachte gerade aus ihrer Ohnmacht auf.

„Bitte schicken Sie die Polizei weg, ich halt das nicht aus." Sie weinte laut.

„Ich muss sie bitten zu gehen, ein Besuch der Polizei ist einfach noch zu früh.

Wir müssen noch warten", stellte der Arzt fest. „Bitte, ich komm gleich zu ihnen."

Sie standen draußen, etwas kleinlaut.

Dr. Stacheder kam nach ein paar Minuten und meinte,

„Wir müssen die Befragung aussetzen. Frau Faust ist noch nicht stabil genug."

„Ich bin mir sicher, sie kann uns bei den Ermittlungen helfen, sie weiß etwas. Deshalb ist sie auch krank geworden. Und nun versucht sie mit Hilfe ihrer Krankheit davonzukommen."

„Das mag ja sein, aber wir hier sind für die Gesundheit unserer Patienten zuständig. Wir müssen warten bis es ihr besser geht."

„Vielleicht sagt sie ja den Schwestern, wo ihr Mann ist", hoffte Barbara.

„Bis jetzt hat sie noch keinen Kontakt mit ihm, das hätten wir sicher mitbekommen. Ich werde sie informieren, wenn Frau Faust stabil genug ist, um mit ihnen zu reden. Wir werden ihr vorsichtig klar machen, dass sie irgendwann mit ihnen zusammenarbeiten muss."

Thomas war nicht zufrieden mit dem Ergebnis des Besuches, aber er konnte es nicht ändern.

Bei der Mordkommission läutete zwar ständig das Telefon, aber es gab überhaupt keine Informationen, die Erfolg versprechende Ergebnisse lieferten. Es war zum Haare raufen.

Zu allem Unglück rief auch noch Frau Moser an, und wollte wissen, wie die Ermittlungen laufen.

Leider konnte Thomas ihr keine wirklich befriedigenden Antworten geben

„Aber wir bleiben dran", versicherte er ihr.

Gisela und Josef verbrachten einen schönen Tag in Schloss Hellbrunn.

Das Schloss wurde im 17.Jahrhundert als Lustschloss erbaut. Bekannt sind auch die Wasserspiele mit Wasserscherzen und beweglichen Figuren in den verschiedenen Grotten.

Das Schloss mit seinen Grotten und Gärten steht unter Denkmalschutz.

Am frühen Abend erreichten sie ihre Pension in Innerschwand.

Es war sehr gemütlich und rustikal eingerichtet. Von ihrem Zimmer hatte man einen Blick auf die umliegenden Berge und von dem See konnte auch einen Zipfel entdecken. Nur drei Gästezimmer gab es im Haus.

Innerschwand ist eine kleine Gemeinde in Oberösterreich, mit Wald und Landwirtschaft und mehreren Ortsteilen. Es gehörte dem Herzogtum Bayern und seit 1506 ist es im Besitz von Österreich.

Die Wirtin, eine herzliche Frau, gab ihnen gleich einige wertvolle Tipps, was man so unternehmen konnte.

Sie suchten sich ein nettes Restaurant am See, wo sie ein köstliches Abendessen einnahmen. Es segelten einige Boote auf dem See. Das sah so schön aus, dass sie beschlossen, am nächsten Tag ein Ruderboot zu mieten. Der Sonnenuntergang war unvergleichlich. Die umliegenden Berge wurden in ein rosarotes Licht getaucht. So konnte es immer bleiben., dachten beide.

Kein Mörder und keine Leichen.

Mit einem Bierkasten bewaffnet trafen, Ludwig König und Sebastian Schleicher bei Ferdinand, ein.

„Komisch, das Auto ist gar nicht da", wunderte sich Ludwig.

„Ferdi hat doch heute gesagt", fragte er seinen Freund.

„Klar, heute Abend Schafkopfen", antwortete Sebastian.

„Der hat uns doch nicht vergessen?"

„Komm wir klingeln mal."

„Niemals, du kennst doch den Ferdi, der ist doch süchtig aufs Kartenspielen."

Aber niemand öffnete die Tür. Sie gingen ums Haus herum, um im Garten nachzuschauen. Aber der Ferdinand glänzte durch Abwesenheit.

Auch versuchten sie durch das Wohnzimmerfenster einen Blick zu erhaschen, aber sie sahen nur eine leere, aufgeräumte Wohnung.

„Das ist komisch, ich ruf mal an." Ludwig wartete, und nach einiger Zeit hörte man das Telefon im Haus läuten.

Niemand hob ab.

„Hast du die Handynummer?"

„Schon, aber nicht am Mann."

„Was machen wir jetzt, sollen wir mal beim Nachbarn, fragen?" schlug Sebastian vor.

„Nein, das ist nur ein Ferienhaus. Da ist schon ewig niemand mehr dagewesen", wusste Ludwig.

„Schau, da ist auch alles dunkel."

„Der Ferdi würde doch nie das Kartenspielen vergessen, vielleicht musste er wieder zu seiner Mutter. Womöglich geht es ihr schlechter."

„Hoffentlich ist nichts passiert, ein Unfall oder so." Sebastian war etwas verunsichert.

„Ach wo, das glaub ich nicht." Ludwig klang nicht wirklich überzeugend.

„Es hat keinen Sinn, das wird wohl nichts. Ich versuch von zu Hause aus, ihn auf dem Handy zu erreichen. Ich sag dir dann Bescheid."

Sie machten sich unverrichteter Dinge wieder auf den Heimweg.

Robert wollte gerade das Licht einschalten, als er die beiden Männer beim Nachbarn auftauchen sah.

Was ist jetzt los? Hatte der Wiesner eine Verabredung? Na, das hat mir gerade noch gefehlt. Noch eine Komplikation. Er hatte langsam die Schnauze voll.

Wer war das? Er kannte die zwei nicht. Mal sehen, was die treiben.

Er versteckte sich hinter dem Vorhang, und beobachtete das Geschehen. Er hoffte nur, dass die nicht auf die Idee kommen, bei ihm nachzufragen, und versuchte zu verstehen, was sie sagten.

Aber er konnte nicht hören, was sie sprachen, und nachdem sie ein paarmal ums Haus herumgelaufen waren, machten sich die Männer unverrichteter Dinge wieder davon.

Gott sei Dank. Er atmete auf.

Thomas und Barbara saßen im Büro. Auch Molly hatte sich zu ihnen gesetzt, und sie überlegten, was sie noch machen könnten.

„Solange die Herta Faust nicht bereit ist, mit uns zusammenzuarbeiten und keine Aussage macht, haben wir keine Möglichkeit, irgendetwas zu erreichen."

„Vom Sohn bekommen wir auch keine Rückmeldung. Es ist zum „aus der Haut fahren."

„Machen wir Feierabend." Thomas klang unzufrieden.

„Wir bestellen uns eine Pizza, schlug Barbara vor, und machen uns einen ruhigen Abend."

„Oder wir drehen eine Runde mit dem Rad, und gehen zum Minigolf spielen. Ich habe nämlich den Platz in Bad Fischbach gesehen, und fand ihn ganz großartig.

Da gibt es ganz besondere Hindernisse. Lauter Sehenswürdigkeiten, aus aller Welt.

Zum Beispiel, der Eiffelturm, die Tower Bridge, das Brandenburger Tor, oder die spanische Treppe von Rom, ja sogar die Pyramiden sind aufgebaut. Da hat sich jemand was ganz Besonderes einfallen lassen. Ich fand das so irre, sowas habe ich noch nie gesehen.

Später holen wir uns einen Döner. Irgendwie muss ich mich heute noch etwas anstrengen und bewegen."

„Ich habe den Platz gar nicht bemerkt. Ich war so mit dem Mord beschäftigt, und mit dir, dass mir die Anlage überhaupt nicht aufgefallen ist. Jedenfalls ist das eine gute Idee." Barbara war begeistert.

Es wurde noch richtig lustig, und obwohl die Hindernisse wirklich nicht einfach zu spielen waren, gewann Barbara haushoch. Thomas hatte keine Chance.

„Du bist halt beim Bowling besser", tröstete sie Thomas, als sie bemerkte, dass er doch etwas enttäuscht reagierte.

Ja, verlieren kann er nicht, dachte Barbara. Aber ein paar Fehler hat jeder, sonst wäre es ja langweilig, wenn alles perfekt wäre.

Danach holten sie sich noch einen Döner, und setzten sich in die Wiese am Fluss. Auf der Rückfahrt hatten sie schon die verfahrene Situation in der Mordsache Moser fast vergessen.

Freitag

Als Robert aufwachte, er hatte nicht so gut geschlafen, beschloss er, sich nicht mehr im Haus zu verkriechen, sondern nach draußen zu gehen, und vor allem Sport zu treiben.

Gesagt getan. Er zog seinen Jogginganzug an, suchte die Walkingstöcke, und wählte die Runde am See, um sich langsam in Form zu bringen.

Es war noch nicht so warm, und etwas windig, ideale Bedingungen.

Herta schlief genauso schlecht, und wurde gerade von der Schwester versorgt. Schwester Inge ist ja wirklich nett, dachte sie.

Nun aber fing sie an, über die Polizei zu reden, und ob es nicht besser wäre mit ihr zusammen zu arbeiten.

„Die kommen so lange, bis sie das haben, was sie wollen. Und wenn sie nichts verbrochen haben, dann haben sie doch auch nichts zu befürchten. Falls sie was auf dem Herzen hätte, könnte sie auch mit dem Krankenhauspfarrer reden. Vielleicht würde es ihr dann besser gehen.

Wenn sie sich so verhält, macht sie sich nur verdächtig."

„Es regt mich so auf, weil ich nicht weiß, was sie von mir wollen", antwortete Herta.

„Wenn nur mein Mann da wäre, der könnte mich beschützen."

„Ihnen passiert hier nichts. Wir passen schon auf", beruhigte sie Schwester Inge.

„Ich überlege es mir. Vielleicht kann ich was zur Beruhigung bekommen", fragte Herta.

„Ich frag den Doktor, soll er dann den Kommissaren Bescheid sagen?"

„Wenn ich was zur Beruhigung bekomme, ja."

Herta willigte zögernd ein.

Sie dachte, bei den Fingerabdrücken und der DNA kann ja nichts von mir dran sein.

Und verdächtig machen will ich mich auch nicht.

Josef und Gisela wollten den Morgen nutzen, und eine Walkingrunde drehen. Sie hatten von der Wirtin Kartenmaterial bekommen, und studierten dieses, denn sie wollten vom Haus aus starten.

Gisela eine kleine, und Joseph eine große Runde.

Es gab da eine gute Möglichkeit, die den See kurz mit einbezog.

Nach dem Frühstück hatten sie vor, sich ein Ruderboot zu mieten, und später dann im See baden.

Das Restaurant von gestern hatte ihnen so gut gefallen, dass sie dort wieder essen wollten.

Im Präsidium herrscht eine etwas bedrückte Stimmung, weil es einfach keinen Fortschritt bei den Ermittlungen gab.

Doch dann rief der Arzt von der Herzstation an, und meinte, dass Frau Faust sich bereit erklärt hätte, mit ihnen zu reden, und sich die DNA und die Fingerabdrücke abnehmen lassen würde.

„Na das ist mal eine Überraschung", frohlockte Thomas.

Jetzt geht es vorwärts, dachte er.

Robert fühlte sich gut, so gut wie schon lange nicht mehr. Er hatte die Runde am See genossen. Gerade richtig, nicht zu lang, und nicht zu kurz. Er ging flotten Schrittes auf sein Ferienhaus zu.

Da sah er sie schon. Die zwei Männer von gestern. Diesmal musste er sich ihnen stellen.

Ludwig König hatte ihn schon von weitem erblickt, und hielt ihn dann auch gleich auf.

„Grüß Gott, König mein Name.

Wir sind auf der Suche nach Herrn Wiesner, haben sie eine Ahnung, wo er abgeblieben ist?"

„Tut mir leid, ich bin gestern Abend erst spät angekommen, und hab noch niemand gesehen."

„Wir hatten gestern eine Verabredung mit ihm, und nun ist er spurlos verschwunden."

„Hat er nicht Verwandte in Deutschland, vielleicht ist er dort."

„Ja, das haben wir auch vermutet, aber er geht auch nicht an sein Handy."

„Ach, da gibt es so viel Möglichkeiten.

Kein Empfang, Akku leer, ausgeschaltet, will nicht gestört werden."

„Da haben sie sicher recht, allerdings passt das nicht zu ihm."

„Entschuldigen Sie, aber ich muss unter die Dusche, einen schönen Tag."

Er machte sich davon und verschwand im Haus.

Drinnen setzte er sich erstmal hin. Das ist ja gerade nochmal gut gegangen.

Aber wo war das Handy? Das habe ich nirgends gesehen.

Ludwig und Sebastian standen ratlos da, und überlegten, was sie tun können.

„Sollen wir die Polizei informieren", fragte Sebastian.

„Also ich weiß nicht, womöglich ist er wirklich bei seiner Mutter, und ihr geht es schlecht, und er hat keine Zeit an uns zu denken.

„Eine Adresse von der Mutter habe ich nicht." Ludwig war etwas ratlos.

„Also, wenn wir bis morgen keinen Kontakt mit ihm bekommen, dann gehen wir zur Polizei", meinte er.

„Ja, das ist eine gute Idee."

Sebastian war mit dem Vorschlag einverstanden.

Die Kommissare kamen mal wieder im Krankenhaus an, und klopften erneut bei Frau Faust an der Zimmertür.

Diesmal rief sie sogar „herein."

„Na, haben sie sich jetzt erinnert, wo sie am letzten Mittwoch um 13.00 Uhr waren", fragte Thomas etwas spöttisch.

„Nein, das weiß ich nicht, aber wahrscheinlich waren wir zu Hause beim Mittagessen, denn das ist unsere normale Zeit."

„Aber es gibt einen Zeugen, der sie am Boule-Platz gesehen hat, und später wurden sie von einem anderen Zeugen auf dem Friedhof beobachtet, und dann im Supermarkt, wieder von einem anderen Zeugen und alle drei haben gemeinsam das Phantombild erstellt. Auf dem sie und ihr Mann wieder von anderen Zeugen erkannt wurden.

Es müssten sich also jede Menge Leute irren, und das ist fast nicht möglich."

„Ja, tut mir leid, es ist aber so, ich war nicht im Kurpark und mein Mann auch nicht.

Vielleicht haben wir ja Doppelgänger."

„Liebe Frau Faust, die Sache ist nicht witzig, es geht hier um Mord, und sie und ihr Mann haben ein Motiv."

„Was für ein Motiv soll das denn sein", fragte sie schnippisch.

„Sie wurden vom Ermordeten aus der Boule-Gruppe rausgeworfen, und das hat sie sehr geärgert."

„Ach, das ist doch schon Jahre her, damals haben wir uns wirklich sehr geärgert, aber nun sind wir beim Kegeln, mit Begeisterung. Wir denken gar nicht mehr ans Boulen.

Mir hat das sowieso nicht viel Spaß gemacht.

Nehmen sie die Fingerabdrücke, und das mit der DNA, und sie werden sehen, da gibt es nichts zu finden."

„Haben Sie inzwischen Kontakt mit ihrem Mann? Wissen Sie, wo ihr Mann abgeblieben ist?"

„Auch da kann ich ihnen nicht helfen, er hat sich noch nicht gemeldet.".

Thomas dachte, jetzt hat sie wenigstens die Wahrheit gesagt.

Barbara übernahm die Fingerabdrücke, und entnahm mit einem Stäbchen, eine Speichelprobe.

„Überlegen Sie, ob sie nicht ihr Gewissen erleichtern wollen, das wäre für Ihre Gesundheit sicher besser."

„Wieso sind sie jetzt eigentlich so ruhig", wollte Barbara wissen.

„Gestern haben sie sich so furchtbar aufgeregt."

„Ich habe was zur Beruhigung bekommen, sonst könnte ich nicht mit ihnen sprechen, dafür ist es zu ungeheuerlich, was sie mir unterstellen."

„Wir unterstellen ihnen nichts, wir wollen nur die Wahrheit wissen.

Die Frau Moser hat ihren Mann verloren, sie sitzt im Rollstuhl und braucht rund um die Uhr Hilfe, denken Sie mal darüber nach."

„Auf Wiedersehen, wir kommen bestimmt nochmal bei ihnen vorbei".

Das mit dem Rudern, war schwieriger als sie dachten. Das Wasser war ganz schön unruhig.

Aber nach einiger Zeit, hatte Josef den Dreh raus, und mit Kraft ging es flott dahin.

Gisela genoss die Ruhe auf dem Wasser, und ließ sich die Sonne ins Gesicht scheinen.

Als das Boot plötzlich an ein Hindernis stieß.

Es ruckte und wackelte ganz erbärmlich, und Joseph hätte fast vor Schreck die Paddel verloren.

„Was machst du denn? Pass auf!" Gisela rief es vorwurfsvoll ihrem Mann zu.

„Ich mach gar nichts, da ist irgendwas im Wasser, ein großer Sack, mit einem schweren Gegenstand, keine Ahnung."

Sie starrten beide gespannt ins Wasser, da tauchte ein blauer Abfallsack auf, der mit einem, offensichtlich großen Gegenstand, gefüllt war.

„Da hat anscheinend jemand seinen Müll entsorgt."

„Also, das ist doch unmöglich.   So eine Frechheit.   Leute gibt es. Was machen wir jetzt?   Das kann man doch nicht im See lassen.

Schau, da ist der Sack aufgegangen, da ist ein Teppich drin."

Josef hatte eine raue Stimme. „Da ist nicht nur ein Teppich drin, sondern ein Mensch."

Gisela fehlten die Worte.

Herta war mit den Nerven am Ende. Ihr tat ja Frau Moser sehr leid. Sie wollte das ja nicht.

Sie hatte sich so sehr zusammengerissen, dass sie nicht wieder weinte, oder sogar ohnmächtig wurde.

Sie hatte nur für kurze Zeit, Ruhe vor den Leuten der Polizei.

Jetzt konnte sie ihren Tränen freien Lauf lassen.

Was soll nur werden?

Was wird, wenn ich mal heimkomme?

Da kann ich mich doch nicht mehr blicken lassen.

Sie war einfach nur verzweifelt und ratlos.

Thomas und Barbara fuhren relativ zufrieden ins Präsidium.

Molly brachte die DNA und die Fingerabdrücke zur KTU.

„Sie war sich ziemlich sicher, dass keine Spuren von ihr zu finden sind", meinte Barbara".

„Ja, aber sie weiß nichts, von der Plastiktüte. Da könnten wir Glück haben." Thomas wirkte zuversichtlich.

Molly erzählte, dass der Förster da war, und die Nummernschilder gebracht hatte.

„Soll ich sie Philipp Ackermann bringen?"

„Ja, melde dich bei der Nachbarin an, und montiert sie wieder hin."

Josef und Gisela saßen ziemlich geschockt in dem Ruderboot und versuchten die Polizei zu erreichen.

Allerdings meinten die, zuerst wäre mal die Wasserschutzpolizei zuständig, aber sie würden Sie informieren. Ob sie denn ihren Standort beschreiben können.

Josef schaute sich um, und versuchte irgendwie zu erklären, wo sie sich befanden.

„Nun sind wir extra weggefahren, um nicht mehr an Leichen erinnert zu werden, und was finden wir als erstes, eine Leiche."

„Das darf doch alles nicht wahr sein." Gisela war erschüttert.

Es dauerte fast eine halbe Stunde bis sie das Boot der Wasserschutzpolizei erblickten, und sie machten eifrig auf sich aufmerksam.

Die Polizisten hievten den Sack mit dem Körper in ihr Boot, und baten sie, später in der Dienststelle in Mondsee vorbei zu kommen, und ihre Aussage bei dem Polizeihauptmeister Weber zu machen.

Gisela erwiderte, dass es eine Zeit dauern würde, sie müssten zurückrudern, zur Pension gehen, und dann noch nach Mondsee fahren.

„Das passt schon." Der Polizist war sehr freundlich.

Die Beiden machten sich auf den Rückweg und ruderten so schnell es ging zum Anleger, um das Ruderboot abzugeben.

Die KTU hatte das Ergebnis der DNA und der Fingerabdrücke geschickt.

Resi wedelte freudestrahlend mit dem Papier vor Thomas Nase.

„Was krieg ich für eine gute Nachricht", fragte sie.

„Einen Kuss." Thomas lachte verschmitzt.

„So, so, einen Kuss, musst du da nicht erst jemand fragen, ob sie auch einverstanden ist." Resi grinste frech.

„Ich weiß nicht, was du meinst, komm gib schon her."

Er wollte sich das Papier schnappen. Aber Resi war schneller.

„Zuerst den Kuss."

Er drückte ihr einen auf die Wange, und griff gleichzeitig nach dem KTU Bericht.

„Bingo, wir haben eine Übereinstimmung der Fingerabdrücke auf der Plastiktüte. Frau Faust hat sie definitiv angefasst.

Ich bin schon sehr gespannt, wie sie sich da rausredet.

Na, lassen wir ihr noch eine kurze Frist, morgen ist sie fällig."

Robert hatte Herta gegenüber, eigentlich kein schlechtes Gewissen. Aber irgendwie muss ich mich bei ihr melden.

Nicht, dass sie sich noch verplappert.

In dem Zustand, in dem sie sich vor der Herzattacke befunden hatte, war alles möglich.

Ich muss rausfinden, ob mir wer auf der Spur ist.

Und natürlich auch, wie es ihr geht. Das fügte er gedanklich etwas später hinzu. Obwohl es ihm eigentlich egal war.

Aber, er musste seine Frau bei der Stange halten. Die bringt es noch fertig, alles zugestehen, und mich bei der Polizei hinzuhängen.

Doch, wie geh ich das an?

Mit dem Handy kann ich nicht telefonieren. Meinen Namen kann ich auch nicht nennen.

Vielleicht als Bernhard, der sich um seine Mutter kümmert.

Das könnte funktionieren.

Wo ist eine Telefonzelle?

Hier habe ich noch keine gesehen.

Ich fahr morgen nach Salzburg, ja, das ist die Idee. Dort mach ich mir einen schönen Tag, und ruf im Krankenhaus an, und einen neuen Teppich für den Flur kauf ich auch.

Josef und Gisela fanden die Gendarmerie nach einigen Umwegen. Sie meldeten sich bei Polizisten Weber.

Wilhelm Weber ist wohl der netteste, gutmütigste, und dickste Polizist, den die Welt gesehen hat, und Mord war das Fürchterlichste, was er sich für seinen Dienstbezirk, seine gemütlichen Dörfchen am Mondsee, vorstellen konnte.

Bis jetzt ist das in seiner Laufbahn noch nicht vorgekommen. Aber nun ist der Fall eingetreten, und er muss sich der Verantwortung stellen.

Deshalb wurde das Ehepaar Vogel, auch nach allen Regeln der Kunst befragt.

„Woher kommen sie?

Wann sind sie angereist?

Wo wohnen sie?

Wie lange bleiben sie?

Wie sind sie auf die Leiche gestoßen?

Kennen sie den toten Herrn?"

Sie beantworteten alles gewissenhaft und waren dann entlassen.

Vorher wollten sie noch wissen, wie der Mann zu Tode gekommen sei.

„Er wurde brutal erschlagen."

Der Polizist war sichtlich entsetzt.

„Wir wissen noch nicht, wer er war. Bis jetzt haben wir noch keine Vermisstenanzeige. Wir müssen wahrscheinlich einen Aufruf in der Zeitung starten, falls sich nicht noch jemand meldet."

Josef erzählte, dass sie eigentlich deshalb in Urlaub gefahren sind, weil zu Hause ein guter Freund auch erschlagen worden ist.

Sie wollten wirklich nichts mehr von Mord und Tod wissen.

„Und jetzt sowas."

Der nette Polizist wünschte ihnen trotzdem noch eine schöne Zeit.

Thomas und Barbara fuhren wieder an den See zum Baden. Es war so schön warm, und das Wasser erfrischend. Am See trafen sie Claudia und Tobias, die auch die abendliche Wärme und das kühle Wasser genossen. Sie setzten sich noch auf einen Wein in die Gaststätte, und verbrachten einen netten Abend.

Samstag

Robert hatte etwas besser geschlafen. Er freute sich auf den Ausflug nach Salzburg. Gleich nach dem Frühstück, fuhr er los. Als er dann endlich einen Parkplatz gefunden hatte, versuchte er so viel Kleingeld wie möglich zu wechseln.

Einen älteren Herrn fragte er nach einer Telefonzelle. Er hatte Glück. Um die nächste Ecke gab es eine, und sie funktionierte sogar.

Im Internet hatte er sich die Nummer vom, Traunsteiner Krankenhaus, rausgesucht. Ein bisschen aufgeregt war er schon, als er die Nummer wählte, und eine freundliche Dame sich meldete.

Er wollte mit Frau Herta Faust verbunden werden, seine Stimme zittert etwas.

Gerade hatte die Schwester das Frühstück gebracht, und das Zimmer verlassen, als Hertas Telefon läutete. Sie erschrak entsetzlich, als es klingelte.

„Ja, sagte sie vorsichtig, Herta Faust."

„Kannst du reden", fragte Robert.

„Robert, endlich, ich werde noch verrückt, warum meldest du dich nicht? Wo bist du?"

Sie war sehr aufgeregt.

„Ich musste verschwinden. Wie schaut es aus?

Gibt es Neuigkeiten", wollte er wissen.

„Die Polizei war da, hat Fingerabdrücke und DNA genommen und, die haben ein Bild von dir. Sie waren in unserm Haus.

Sie sind uns auf der Spur.

Was soll ich tun? Ich habe nichts gesagt, habe alles geleugnet. Aber die glauben mir nicht.

Es gibt Zeugen. Du musst mir helfen, ich kann nicht mehr.

Ich war drei Tage im Koma."

Sie wurde immer lauter am Telefon, und klang gehetzt.

„Nicht so laut, bleib ruhig, ich lass mir was einfallen.

Die Polizei kann dir nichts, du hast nichts angefasst. Kommst du bald heim?"

„Ich glaub nicht, bin noch nicht fit."

Sie war verzweifelt.

„Im Krankenhaus bist du erst mal sicher.

Wenn du rauskommst, organisier ich was.

Halte dich bedeckt, du weißt von nichts, und bist krank.

Die müssen dich in Ruhe lassen. Ich melde mich wieder, bis dann."

Mit diesen Worten legte er auf.

Herta war wie vom Donner gerührt. Das darf doch nicht wahr sein. Der macht es sich einfach. Ich lieg hier, und kann mich mit der Polizei rumschlagen, und er macht sich eine schöne Zeit.

Dass die Polizei schon bei Herta gewesen ist, passte Robert überhaupt nicht in den Kram. Wie sind die nur so schnell auf uns gekommen? Ich habe doch überhaupt niemand im Kurpark gesehen.

Ja der Typ vom Friedhof. Er musste überlegen, wie er die Herta aus der Klinik rausbekommt, ohne, dass jemand was bemerkt.

Nach Hause können wir nicht mehr.

So eine Sch.......

Thomas und Barbara machten sich mal wieder auf den Weg ins Krankenhaus.

Vor dem Krankenzimmer sagte Thomas zu Barbara,

„Na denn man los."

Herta lag ziemlich erschlagen vom Telefonanruf im Bett, und hatte mit allem gerechnet, aber nicht mit den Kommissaren.

„Was ist denn jetzt schon wieder los? Können Sie mich nicht in Ruhe lassen."

Sie wirkte nicht mehr so cool wie gestern.

„Nein, das geht leider nicht, wir müssen das Ergebnis der KTU besprechen."

„Was gibt es da zu besprechen", fragte sie genervt.

„Wir haben eine Übereinstimmung der Fingerabdrücke, können sie das erklären."

„Das kann nicht sein, ich habe die Kugel gar nicht angefasst."

Sie schlug sich auf den Mund.

„Ich meinte, ich habe nichts angefasst, weil ich gar nicht da war."

Sie stotterte, und wurde blass, und versuchte sich heraus zu winden und den Fehler wieder gut zu machen. Aber das funktionierte nicht.

„Wie kommen sie auf Kugel", fragte Barbara.

„Das habe ich in der Zeitung gelesen", antwortete Herta sehr schnell.

„Das kann nicht sein, in der Zeitung hat davon nichts gestanden.

Wir haben das bewusst nicht veröffentlicht, also woher wissen Sie das?"

„Ich sag jetzt nichts mehr."

Sie drehte den Kommissaren den Rücken zu.

„Das wird ihnen nichts helfen.

Ich glaube ihnen, dass sie den Mord nicht begangen haben. Aber sie waren dabei, und haben gesehen, wie Herbert Moser getötet wurde.

Nun schützen sie den Mörder, und je länger sie schweigen, umso mehr machen sie sich mitschuldig. Ich kann verstehen, dass sie ihren Mann nicht verraten wollen. Aber ich kann ihnen nur raten, befreien sie sich von der Last, die auf ihrem Herzen liegt, dann werden sie auch wieder gesund."

Herta gab ihm keine Antwort. Sie vergrub sich in ihre Kissen und zog die Decke über den Kopf.

Sie dachte nur, ich muss so schnell wie möglich von hier weg.

Ludwig König und Sebastian Schleicher trafen sich vor der Polizei-Station. Keiner hatte einen Kontakt zu Ferdinand herstellen können.

Ferdinand war seit Donnerstagabend verschwunden.

Sie gaben dem Polizisten ihre Personalien und erklärten, dass sie sich um einen Freund Sorgen machten.

Er hätte mit ihnen ein Treffen organisiert, zum Kartenspielen, und sei dann aber nicht zu Hause gewesen, und ist auch telefonisch nicht zu erreichen. Das sei untypisch für ihren Freund. Er wäre sehr zuverlässig. Auch ist sein Auto nicht da.

Der Polizist, er stellte sich mit Weber vor, fragte, ob der Herr Wiesner keine Angehörige hätte, wo er sein könnte.

Sie bestätigten, dass es eine Mutter in Deutschland gibt.

„Aber er geht auch nicht ans Handy", sagte Sebastian.

„Haben sie ein Foto von ihrem Freund dabei", wollte der Beamte wissen.

Ludwig kramte aus seiner Brieftasche ein zerknittertes Foto hervor, wo die drei Freunde zu sehen waren.

In der Mitte, Ferdinand mit seinem beeindruckenden Bart.

Der Polizist schluckte, und räusperte sich. Er sah traurig aus.

„Also, meinte er zögernd, gestern wurde eine Person aus dem See geborgen, die noch nicht identifiziert ist.

Es, es besteht eine gewisse Ähnlichkeit mit dem Herrn auf dem Bild.

Wären sie bereit, sich die Leiche anzuschauen", fragte er die Beiden vorsichtig.

„Tot?"

Ludwig und Sebastian schauten sich an, und nickten.

Sie mussten dazu in den Keller des Polizeigebäudes steigen. Dort hatte man Ferdinand Wiesner hingebracht.

Sie betraten den kalten Raum. Da stand ein Metalltisch, auf dem ein Körper lag.

Dieser war mit einem grünen Tuch abgedeckt.

Weber entfernte das Tuch vom Gesicht

Es war ihr Freund, leider war kein Irrtum möglich.

Sie hatten die traurige Gewissheit, dass ihr Freund Ferdinand ermordet worden war.

Der Polizist Weber, befragte nun die Beiden noch genauer. Sie konnten ihm die Adresse von Ferdinand nennen, und dass die Mutter in Bayern lebte, und wahrscheinlich in Ruhpolding wohnt, und dass er sonst keine Verwandte hat. Sie hätten keine Idee, wer den Ferdi umbringen sollte.

„Das muss ein Verrückter gewesen sein."

„Nun gut", meinte Weber.

Wir haben diesen Teppich, in den er eingewickelt war, und es gibt einige Fingerabdrücke. Der Gerichtsmediziner hat festgestellt, dass er schon am Mittwoch gestorben ist.

Ich muss sie das fragen, wo waren sie am Mittwochabend?"

„Na, zu Hause! Unsere Frauen können das bestätigen.

So um 19.00 Uhr hat Ferdinand angerufen, und für den nächsten Tag das Schafkopfen ausgemacht. Ich habe dann Sebastian Bescheid gegeben und dann haben meine Frau und ich Fernsehen geschaut."

„Ja genau, meinte Sebastian so war es auch bei uns", etwas empört.

„Glauben Sie, wir würden bei ihnen vorsprechen, wenn wir ihn umgebracht hätten."

„Wir müssen das fragen, das ist reine Routine."

„Wie gehts jetzt weiter", wollte Ludwig wissen.

„Der Fall geht an die Kripo Salzburg.

Es kann sein, dass diese Herren nochmal auf sie zukommen."

„Krass, ermordet, wer macht sowas, und warum?"

Die beiden Freunde waren erschüttert.

Die Bäckereiverkäuferin vom Supermarkt in Innerschwand, Christine Gerber ist die Gewissenhaftigkeit, in Person und ihr Ordnungssinn ist schon fast krankhaft. Deshalb fiel ihr das Auto sofort auf. Schon seit geraumer Zeit beobachtete die den Wagen. Sie kam eigentlich immer als erste ins Geschäft, so um 6.00 Uhr, und da war der Parkplatz immer leer.

Jetzt stand da dieses Auto, schon seit Donnerstag, immer an der gleichen Stelle. Am Freitag, und auch am Samstagmorgen. Frau Christine Gerber hat sich den Wagen mal genauer angesehen, und eigentlich nichts Verdächtiges festgestellt. Allerdings lag ein Smartphone in der Konsole zwischen Fahrer, und Beifahrersitz. Das fand sie dann doch etwas merkwürdig. So ein teures Teil würde man doch vermissen. Sie schrieb sich mal das Kennzeichen auf.

SL----9----ABK. Sollte sie das der Polizei melden?

Sie überlegte, dass sie, wenn das Auto nach der Arbeit immer noch dastand, gleich persönlich bei der Gendarmerie vorbeifahren würde. Das ist sicherer, dachte sie.

Josef und Gisela hatten vor, heute die Kirche in Mondsee anzuschauen, und die *Burgruine Wartenfels* zu besichtigen, was mit einer kleinen Bergwanderung verbunden ist.

Die Basilika St. Michael wurde 743 gegründet, war ehemals eine Klosterkirche, und zählt zu den größten Baudenkmälern Österreichs.

Die Burg wurde 1259 erbaut, hat einen dreieckigen Grundriss, besaß einen Zwinger, eine Kapelle und eine Zugbrücke.

Man hat von dort oben einen herrlichen Blick auf den Mondsee und die umliegenden Berge.

Ins Wasser wollten sie erstmal nicht mehr gehen.

Es käme ihnen seltsam vor, wo doch erst gestern ein Leichnam im See geschwommen war.

Es war ein herrlicher, sonniger Tag. Sie trafen nette Leute, und bewegten sich in einer grandiosen Natur. Wunderschöne Blumen am Wegesrand, und als Abschluss des Tages, das gute Essen im See-Restaurant.

Sie hatten sich die Spezialität des Hauses bestellt.

Seefisch im Bierteig, als Gisela der Bissen im Hals stecken blieb.

Sie schubste ihren Mann und flüsterte.

„Schau, schnell zum See runter, bei der Linde.

Das ist doch der Robert."

„Wo?"   Josef suchte krampfhaft nach dem Verdächtigen.

Aber dann entdeckte er ihn auch.

„Der hat aber schwarze Haare, und eine Brille", stellte Josef fest.

„Na und, Haare kann man färben, und Brillen gibt's zum Kaufen. Pass auf, dass er uns nicht sieht. Sowas blödes, er geht weiter, wir müssten ihn verfolgen."

„Aber wir essen gerade. Josef war etwas ärgerlich. Bist du sicher?"

„Wir rufen den Kommissar an, und fragen, ob sie die zwei schon geschnappt haben, dann sehen wir weiter."

„So groß ist das Dorf nicht. Den finden wir schon."

Gisela wirkte sehr abenteuerlustig.

„Bist du verrückt, wir finden gar nichts, das macht schön die Polizei."

„Es ist doch sehr merkwürdig, dass unsere Leiche genauso erschlagen wurde, wie der Herbert".

„Aber nicht mit einer Boule-Kugel", gab Josef zu bedenken.

„Aber die Art des Mordes, ist die gleiche.

In den Krimis heißt es, dass ein Täter immer zu der bewährten Methode greift."

Gisela wurde immer eifriger.

„Also jetzt essen wir erstmal fertig, dann gehen wir in die Pension und telefonieren mit Kommissar Lindner.

Dann sehen wir weiter."

Josef versuchte Ruhe in die Situation zu bringen.

„Aber denk dran, es ist Samstagabend, da kann es sein, dass wir niemand erreichen.

Und morgen ist Sonntag."

Josefs Argumente wirkten ernüchternd.

„Dann müssen wir hier zur Polizei", meinte Gisela.

„Eins nach dem andern."

Herta wollte, nein, sie musste verschwinden.

Sie musste so schnell wie möglich weg. Das Krankenhaus kam ihr wie ein Gefängnis vor, und sie fühlte sich bedroht. Sie wusste nur noch nicht wie. Das muss gut durchdacht sein.

Sie stand auf, und schaute in ihrem Schrank nach, was dort zu finden war.

Ihre Kleidung, die Schuhe, ein paar Decken. Eine kleine Reisetasche.

In der Handtasche, Geld, Ausweis, Bankkarte, Hausschlüssel.

Na, den brauchte sie bestimmt nicht.

Oh, sogar ihr Handy war in der Tasche. Es war noch aufgeladen und Empfang gab es im Zimmer auch.

Das ist bestens.

Sie öffnete vorsichtig die Tür, und verschaffte sich einen Überblick.

Das Zimmer war ganz am Anfang des Flurs.

Es saß kein Polizist vor der Tür.

Sie ging zum Fenster. Ungefähr 3. Stock.

Sie überlegte, die Nachtschwester kam um 22.00 Uhr, ungefähr.

Dann anziehen, Bett präparieren, rausschleichen.

Der Bahnhof war ungefähr 2 km entfernt.

Sie brauchte ein Taxi.

Für 22.30 Uhr, bei der Alten Apotheke.

Beim Bahnhof gibt es einen Geldautomaten.

Ein Zug nach Salzburg, geht sicher noch bis Mitternacht.

In Salzburg ein kleines Hotel suchen, in der Nähe des Bahnhofs und am nächsten Morgen mit dem Zug nach Mondsee.

Soweit so gut. Habe ich an alles gedacht? Werde ich das schaffen?

Ich muss!

Sie rief das Taxiunternehmen an, und bestellte sich ein Taxi für 22.30 Uhr bei der Alten Apotheke, auf den Namen Kraus, ihr Mädchenname.

Sie versuchte mit den Decken aus dem Schrank einen Körper zu formen.

Es sah ziemlich echt aus. Bei der Dunkelheit im Zimmer und nur mit Taschenlampe, die Nachtschwester würde schon nichts merken.

So, jetzt ausruhen, und Kräfte sammeln.

Christine Gerber schloss ihre Bäckerei ab, ging nach draußen auf den Parkplatz, und sah, dass das Auto noch immer in der hinteren Ecke stand. Nun gut, ab zur Polizei.

Josef und Gisela beendeten ihre Mahlzeit und machten sich auf den Weg zur Pension. Gisela hatte im Koffer die Handynummer vom Kommissar Lindner.

Thomas und Barbara wollten gerade auf ein Eis zum Italiener gehen, als Gisela Vogel anrief.

„Haben sie den Mörder schon geschnappt?" fragte sie aufgeregt.

Als er verneinte, meinte sie,

„Dann ist er hier, hier in Innerschwand am Mondsee."

Sie berichtete, was alles passiert war, und dass sie Robert etwas verändert, mit Brille und einer anderen Haarfarbe, am See gesehen hätten. „Womöglich hat er mit dem Mord hier, auch zu tun."

„Nun mal langsam", bremste der Kommissar, sind sie ganz sicher?"

„Ja, zu 1000 Prozent."

„Sie unternehmen nichts, haben sie verstanden?

Das ist zu gefährlich. Ich kümmere mich um alles. Geben Sie mir ihre Handy-Nummer, damit ich sie gegebenenfalls erreichen kann."

Gisela versprach, sich ruhig zu verhalten, und gab ihm die Nummer.

Christine Gerber berichtete dem Polizisten von dem Auto auf dem Parkplatz.

„Der Wagen steht schon seit Donnerstagmorgen unberührt auf dem Parkplatz und ein teures Smartphone liegt drinnen in der Konsole. Das ist doch ungewöhnlich, man lässt doch so ein teures Telefon nicht im Auto liegen". Sie gab ihm das Kennzeichen.

Der Polizist Weber roch förmlich die Verbindung zu dem Toten. Er bedankte sich bei der Frau Gerber, und versprach, der Sache nach zu gehen.

Er telefonierte mit der Meldestelle, und gab die Nummer durch. Es dauerte nur ein paar Minuten, und er erfuhr, vom Herrn Oberhuber, dass das Auto Ferdinand Wiesner gehört hat. Mit diesen neuen Informationen wendete er sich nun an die Kommissare von Salzburg.

Die Nachtschwester kam leise ins Zimmer von Frau Faust.

Sie lag ganz ruhig im Bett.

Aber irgendwas war anders. Was, war ihr nicht klar.

Sie schloss leise die Tür.

Einige Minuten später stand Herta auf, und zog sich an.

Sie drapierte die Decke aus dem Schrank, wie einen Körper zurecht, und schlüpfte in ihre Schuhe.

Dann öffnete sie ganz sachte die Tür, und schaute vorsichtig auf den Flur. Dort war alles ruhig, niemand war zu sehen.

Sie schlich Richtung Aufzug, und drückte den Knopf zum Ausgang.

Unten angekommen musste sie wieder aufpassen. Herta versteckte sich hinter einer Säule.

Die Information war mit einem Herrn besetzt, der gerade telefonierte.

Dann stand er auf, und ging zur Toilette.

Mensch, habe ich Glück, dachte sie. So schnell es ging, lief sie raus, und war draußen.

In der Freiheit!

Den Weg zur Apotheke fand sie blind.

Dort kam sie fünf Minuten vor halb elf an. Das Taxi wartete schon.

Sie stieg ein, und fuhr zum Bahnhof. Sie atmete befreit auf. Am Bahnhof schaute sie auf den Fahrplan. Der Zug nach Salzburg war vor fünf Minuten abgefahren, und der nächste ging erst 00.15 Uhr. Na prima, jetzt muss ich mich so lange gedulden. Die Fahrkarte musste sie am Automaten lösen, da der Schalter schon geschlossen war. Dann holte sie sich noch Geld am Bankautomaten.

Sie suchte nach einer Möglichkeit, wo man einen Kaffee trinken konnte, und setzte sich dann in das Café.

Die Warterei machte Herta mürbe. Nervös schaute sie fast minütlich auf die Uhr. Der Kaffee tat sein Übriges. Sie wurde immer ungeduldiger und unsicherer, je länger es dauerte.

Ob sie mein Verschwinden schon bemerkt haben?

Die Nachtschwester war auf ihrer Runde nochmal bei Frau Faust rein gegangen, weil sie plötzlich wusste, was anders war.

Frau Faust hat nicht geschnarcht.

In den letzten Nächten in ihrer Wache, hat die Dame jede Nacht so laut geschnarcht, dass die Fenster vibrierten. Sie leuchtete vorsichtig ins Bett und fand nichts und niemand.

Die Frau war weg, und die Decke war zu einem Körper zusammengerollt worden, damit man denken sollte, sie liegt drinnen.

Die Kleider und ihre Handtasche, verschwunden.

Schwester Ingrid lief sofort zum Telefon, und informierte den Arzt.

Dr. Stacheder hatte heute Nachtdienst. Der reagierte sofort.

Er rief gleich den Kommissar Lindner an.

Dieser wollte eigentlich gerade zu Bett gehen, als das Telefon klingelte. „Doktor Stacheder am Apparat, entschuldigen Sie die späte Störung.

„Aber die Frau Faust ist aus dem Krankenhaus weggelaufen. Anscheinend hatten sie recht. Sie hat ein schlechtes Gewissen und will sich aus dem Staub machen.

Haben sie eine Ahnung, wo sie hinwill? Sie ist noch nicht in der Verfassung, durch die Gegend zu marschieren. Ihr Gesundheitszustand ist noch bedenklich."

„Danke, dass sie mich informiert haben. Wir fahren sofort zum Bahnhof, ich denke ich weiß, wohin sie will, nach Österreich.

Wir bringen sie wieder zurück."

„Schnell, Schatz, wir müssen zum Bahnhof", rief Thomas.

Barbara schnappte sich ihre Sachen, und zehn Minuten später fuhren sie, so schnell es ging, zum Traunsteiner Bahnhof.

Auf dem Fahrplan sahen sie, dass noch zwanzig Minuten Zeit war, bis der Zug nach Salzburg abfuhr.

„Sie darf uns nicht sehen, sonst haben wir keine Chance sie zu erwischen. Wo könnte sie sein?"

„Dort hinten ist ein Café, vielleicht ist sie dort."

Barbara hatte die Lokalität entdeckt.

Vorsichtig näherten sie sich dem Bahnhofs Café.

„Da, im Eck sitzt sie. Ich geh rein, und du bleibst an der Tür, falls sie davonlaufen will."

Herta erschrak und wurde blass, als der Kommissar vor ihr stand. Sie schluchzte laut auf, und zitterte am ganzen Leib.

„Kommen sie, ich bring sie wieder ins Krankenhaus, sie sind noch nicht gesund genug, für eine Reise."

Herta ging ohne Widerstand mit.

Eigentlich war sie erleichtert.

Thomas informierte die Wache, dass ein Polizist vor der Tür von Herta Faust postiert werden sollte.

Sonntag

Thomas und Barbara hatten beide schlecht geschlafen. Das Schicksal der Frau Faust belastete sie doch mehr als, sie dachten.

„Die tut mir richtig leid. Aus Rücksicht auf ihren Mann verstrickt sie sich immer tiefer in diese Mordgeschichte, und versucht sich daraus zu winden. Und er, er lässt sie allein."

„Wir rufen heut mal bei der Gendarmerie in Mondsee an. Keine Ahnung, wie und ob die uns helfen können."

Gisela und Josef machten wieder ihre Walkingrunde, diesmal am See entlang. Es war schon so sonnig, dass sie kurze Hosen, Sonnenbrille und eine Kappe trugen.

Der See lag ruhig da, und glitzerte in der Morgensonne. Es war wunderschön. Von Westen kam ein laues Lüftchen, sodass es doch Spaß machte, und nicht zu anstrengend, und heiß wurde.

Immer wieder gab es kleine Wege, die vom See wegführten, zum Dorf oder in ein Wäldchen hinein.

Plötzlich zischte Gisela, „schnell nach rechts." Sie bog geschwind ab, um sich sofort hinter einem Baumstamm zu verstecken. Josef wusste nicht warum, machte aber instinktiv das Richtige, und folgte seiner Frau. Sie beobachteten den Seeweg, und nach ein paar Minuten kam Robert Faust, flotten Schrittes daher.

„Da ist er wieder. Puh, das war knapp. Was sollen wir jetzt machen, gehen wir ihm nach", flüsterte sie.

„Vielleicht führt er uns zu seiner Wohnung."

„Das glaub ich nicht, diese Richtung geht vom Dorf weg. Außerdem sollen wir ihn doch nicht verfolgen."

„Jedenfalls wohnt er hier irgendwo, und dann kann ihn die Polizei auch ausfindig machen. Wozu gibt es die Anmeldung, die dann ans Amt geht", gab er zu bedenken.

Schweren Herzens gab Gisela nach.

Sie würde zu gerne Sherlock Holmes spielen.

„Aber wir rufen den Kommissar nochmal an, und bestätigen, dass der Typ, den wir gesehen haben, definitiv Robert ist."

Thomas meldete sich bei dem Polizisten von Mondsee, einem Herrn Weber und brachte sein Anliegen vor.

Er fragte, ob er herausfinden könne, ob ein Herr Robert Faust in einem der Hotels, oder einer Pension abgestiegen sei.

„Er steht unter Mordverdacht, und hat sich wahrscheinlich nach Innerschwand abgesetzt. Er wurde von einem Ehepaar aus Deutschland erkannt, und nun brauche er seine Hilfe."

„Was, ein Mörder, noch einer, wir bearbeiten gerade auch einen Mord hier, in unserem beschaulichen Dorf."

Wilhelm Weber war gelinde gesagt entsetzt, er dachte, in welch einer grausamen Welt leben wir eigentlich?

„Ein deutsches Ehepaar ist mit einem Boot, mit der Leiche zusammengestoßen.

Ihr Ehepaar heißt nicht zufällig Vogel."

„Doch genau die, sie haben mir von ihrem Leichenfund berichtet."

„Das ist eine ganz neue Form der Urlaubsgestaltung.

„Leichen finden, und Mörder fangen."

„Ich habe die Beiden angewiesen, sich nicht auf die Suche zu machen.

Aber anscheinend ist er ihnen schon zweimal vor die Füße gelaufen, ohne dass er sie bemerkt hat, denn die kennen sich."

„Das Dorf ist nicht groß genug. Da trifft man sich zwangsläufig, und wenn ihr Verdächtiger sich sicher fühlt, kann man sich fast nicht ausweichen."

Er klang besorgt.

„Wir geben unseren Mord an die Kommissare von Salzburg.

Diese werden heute im Laufe des Tages eintreffen, und die Ermittlungen aufnehmen. Ich werde mich für sie beim Landes-Tourismus-Büro schlau machen, ob es einen Robert Faust gibt, und ob er irgendwo gemeldet ist.

Aber ich muss gleich sagen, dass die Meldungen nicht vollständig sind. Manche Unterkünfte nehmen es nicht so genau oder schicken die Anmeldungen erst Ende des Monats gesammelt weg.

„Kann es sein, dass er eine Ferienwohnung hat, oder ein Ferienhaus?"

„Ich weiß es nicht, wir haben in seinem Hause keine Hinweise gefunden.

Aber mittlerweile kann ich mir bei diesem Herrn alles vorstellen."

„Bei der Gemeinde kann ich erst am Montag nachfragen, die haben heute geschlossen."

„OK, ihre Nummer sehe ich, ich rufe so schnell wie möglich zurück."

„Das wäre unheimlich nett, vielen Dank, für ihre Mühe. Herr Weber."

Robert war wieder sehr zufrieden mit seiner Walkingrunde.

Er ging es langsam an, und wollte von mal zumal die Geschwindigkeit, und die Entfernung steigern.

Zu Hause ging er gleich unter die Dusche, und danach setzte er sich für ein opulentes Frühstück, auf die kleine Terrasse. Bei dem Nachbarn ist niemand mehr aufgetaucht. Die zwei Freunde haben wohl aufgegeben.

Kaum hatte Thomas seinen Anruf beendet, klingelte das Handy erneut.

Gisela war dran. Sie berichtete aufgeregt, dass sie Robert Faust nochmal gesehen haben, beim Walken.

„Der macht sich hier eine schöne Zeit", meinte sie.

„Ich habe mit der Polizei in Mondsee gesprochen. Der Herr Weber versucht herauszufinden, in welchem Hotel, oder Pension, der Herr Faust abgestiegen ist.

Dann sehen wir weiter.

Ich bitte Sie inständig, dem Verdächtigen fernzubleiben. Ich melde mich, wenn es was Neues gibt."

Als Robert sein Geschirr abräumte, hörte er vom Nachbarhaus Stimmen.

Was ist denn jetzt los? dachte er. Er lugte vorsichtig hinter dem Vorhang hervor, und sah zwei Männer, die die Haustür bei Ferdinand Wiesner öffneten.

Was bedeutet das?

Ist das die Verwandtschaft?

Jetzt kamen auch noch die beiden Freunde angefahren. Sie gingen auch ins Haus.

Das ist merkwürdig,

Robert war sehr beunruhigt.

Im Haus von Wiesner fanden die Kommissare keine besonderen Hinweise, warum Ferdinand zu Tode gekommen ist.

„Wir, werden die Spurensicherung noch einbestellen, aber ich glaube nicht, dass er hier ermordet wurde."

Der Kommissar Bergmeister war sich ziemlich sicher.

„Wir werden noch den Nachbarn befragen."

Ludwig meinte, dass sie ihn schon gefragt hätten, aber der Herr wäre erst am Donnerstagabend angereist.

„Macht nichts, wir fragen nochmal."

Robert sah, wie die beiden Herren auf sein Haus zu kamen.

Das ist nicht gut, gar nicht gut.

Ganz ruhig bleiben.

Er öffnete die Tür, bevor sie klingelten.

„Guten Tag, was kann ich für sie tun?"

„Guten Tag, Kriminalpolizei Salzburg, mein Name ist Bergmeister, mein Kollege Klar.

Wir ermitteln im Mordfall Wiesner."

„Mord, wieso, ja um Gotteswillen, was ist passiert?"

„Können wir kurz reinkommen?"

Robert bat sie herein.

„Wann haben sie den Herrn Wiesner zuletzt gesehen."

„Herrn Wiesner, habe ich schon ein paar Jahre nicht mehr gesehen.

Ich war schon ewig nicht mehr hier. Hat sich einfach nicht ergeben.

Ich bin am Donnerstagabend spät angekommen, und am Freitagmorgen, hat mich einer der Herren, er zeigte nach draußen, nach dem Herrn Wiesner gefragt.

Aber ich habe ihn nicht getroffen. Tut mir leid, dass ich Ihnen nicht helfen kann."

„Wo kommen sie her, und ihrem Namen bräuchten wir noch."

„Aus Bayern, Roman Kraus, er nannte den Namen seines Schwiegervaters."

„Sind sie allein hier?"

„Ja, ich habe eine Pause gebraucht, meine Ehe, sie verstehen."

„Falls ihnen noch was einfällt, hier meine Karte. Danke, und Auf-Wiedersehen."

Robert begleitete die Kommissare hinaus.

Er schloss die Tür, und lehnte sich dagegen. Er zitterte.

Wie konnte die Polizei, die Leiche so schnell entdecken?

Ich habe sie doch beschwert. I

Ich habe sie doch im See versenkt.

Alles verschwört sich gegen mich.

Wie soll das noch weitergehen?

Robert sank ratlos zu Boden und wieder fing er an zu weinen.

Amadeus Klar war sehr still, und wirkte nachdenklich.

„Was hast du", fragte Michael Bergmeister.

„Das ist ein komischer Kerl", stellte Amadeus fest.

„Der hat Probleme mit seiner Frau", erwiderte Michael.

„Er hat keine richtige Antwort auf seinen Wohnort geben.

Und, er machte eine Pause, die Einrichtung ist eher alt, in die Jahre gekommen, aber der Flurteppich ist nagelneu.

War die Leiche nicht in einen Teppich eingewickelt?"

„Wir werden ihn überprüfen."

Kommissar Bergmeister antwortete sehr bestimmt.

Sein Kollege hat oft einen untrüglichen Riecher.

Herta lag erschöpft in ihrem Bett. Die Flucht hatte sie sehr ange-strengt. Die Schwester kam rein, und machte Herta Vorwürfe.

„Was haben sie sich nur gedacht? Einfach weglaufen. Sie sind doch noch nicht gesund."

„Ich wollte nur weg, die Polizei lässt mich nicht in Ruhe. Mein Mann ist nicht da,

Ich weiß mir keinen Rat."

„Jetzt werden sie erst mal gesund, und dann sehen wir weiter. Es wird schon alles wieder gut.".

Sie hat ja keine Ahnung, es wir nie wieder etwas gut, dachte Herta verzweifelt.

Polizeimeister Weber hatte bis jetzt keinen Erfolg, mit seinen Nachforschungen. Es existierte keine Meldung über einen Robert Faust. Wegen den Ferienwohnungen und Häusern, musste er bis Morgen warten. Er gab dem deutschen Kommissar, einen Zwischenbericht.

Thomas und Barbara gingen auf einen Kaffee zum See.

„Was machen wir denn jetzt mit der Frau Faust", fragte Barbara.

„Wir lassen ihr einen Tag Ruhe, und warten noch auf die Info von Herrn Weber.

Jetzt lass uns den Sommer genießen. Ein paar Stunden mal nicht an den Mord denken."

„Ja, du hast recht", Barbara lächelte ihn verliebt an.

Die Beamten der Kriminaltechnik waren inzwischen im Waldweg 9, beim Haus von Herrn Wiesner angekommen, und untersuchten es nach Spuren.

Robert beobachtete die Polizisten vom Küchenfenster aus. Inzwischen hatte er sich beruhigt, und fasste neuen Mut.

Einfach ganz normal weitermachen, war seine Devise.

Deshalb ging er jetzt auch spazieren, und wollte am See einen Kaffee trinken, und einen Kuchen essen. Das wollen wir doch mal sehen, ob ich nicht ganz normal weiterleben kann.

Das Café war ziemlich voll, aber er fand noch ein Plätzchen im hinteren Teil, wo er gut die Leute beobachten konnte.

Der Kaffee schmeckte besonders gut, und der Kuchen, eine Sachertorte, war ebenso hervorragend.

Das Leben könnte so schön sein, wenn die Polizei nicht wäre, sinnierte er.

Er träumte so vor sich hin.

Als er die Beiden entdeckte.

Josef und Gisela machten gerade einen Spaziergang am See entlang, und wollten dann später wieder zu den guten See-Restaurant, zum Abendessen, als Robert sie entdeckte.

Automatisch rutschte er tiefer in den Stuhl, und suchte Deckung hinter der Zeitung, die er mitgebracht hatte.

Das darf doch alles nicht wahr sein.

Jetzt laufen auch noch zwei von der Boule-Gruppe, hier am Mondsee herum.

Was hat das zu bedeuten?

Ist das ein Zufall? Jedenfalls dürfen die mich nicht sehen. Sonst ist alles aus.

Gut, sie gegen weiter.

Was mach ich jetzt?

Bleib ich noch?

Kann ich mich jetzt noch raus wagen?

Das muss gut überlegt werden. Die bleiben sicher nicht ewig.

Fürs erste hatte er die Nase voll. Er bezahlte und machte sich auf den Heimweg.

„Wo der Robert wohl wohnt? Das Dorf ist doch nicht so groß, das kann doch nicht so schwer sein, den Kerl zu finden." Gisela gab einfach keine Ruhe.

„Gut, dass wir Morgen wieder heimfahren", meinte Josef.

„Meinst du, der hat diesen Wiesner auch umgebracht", fragte sie neugierig.

„Wieso sollte er, den kennt er doch gar nicht. Der ist hier doch auch fremd."

„Womöglich kennt er sich hier aus, und der Wiesner hat ihn erkannt. Der war doch in Ruhpolding bei seiner Mutter. Er hat vielleicht die Zeitung gelesen, und die Phantombilder gesehen", überlegte Gisela.

„Das sind mir zu viele Vielleicht", meinte Josef.

„Zufälle gibt es immer wieder", sie hörte einfach nicht auf, zu spekulieren.

„Komm, ich habe jetzt Hunger, da vorne ist das Restaurant."

Robert ging völlig deprimiert zu seinem Haus.

Beim Nachbarn war alles ruhig. Die Polizei ist weg, dachte er erleichtert.

Er hatte keine Lust, zu nichts.

Er machte eine Flasche Rotwein auf, setzte sich auf das alte Sofa, schaltete den Fernseher an, und zappte durch die Programme.

Es interessierte ihn nichts, alles war furchtbar.

Die Situation verfahren. Wie sollte er eine Lösung finden?

Wer könnte mir helfen? Ich bin ganz auf mich allein gestellt. Auf die Herta brauch ich auch nicht hoffen, die ist auch gegen mich.

Da kann ich froh sein, wenn sie mich nicht verpfeift.

Irgendwann war die Flasche leer, und irgendwann war er eingeschlafen.

Der Fernseher lief die ganze Nacht.

Montag

Polizeimeister Weber hing sich sofort an das Telefon, und rief in der Gemeindeverwaltung an. Dort hatte er die Frau Knieper am Apparat, die schon seit Jahrzehnten in dem Büro arbeitet, und sich ziemlich gut auskennt.

Sie durchforstete den Computer, und druckte die relevanten Seiten aus.

„Also, beginnt sie, das sind nicht viele Eigentümer von Ferienhäusern und Wohnungen, eigentlich nur fünf aus Deutschland.

Eine Familie Fritz Weinberg, aus Hannover, seit 1998.

Adresse Burgweg 23

Eine Familie Willi Busch, aus München, seit 2003.

Adresse Seeweg 6

Ein Ehepaar Wolfgang, Rheinfeld aus Bad Bergzabern, seit 1975.

Adresse Gartenweg. 27

Ein Familie Roman Kraus, aus Traunstein, seit 1968.

Adresse Waldweg 10

Ein Ehepaar Claudius Ackermann, aus Rosenheim, seit 2001.

Adresse Sommerweg 24

Ich faxe ihnen die Angaben durch."

„Das wäre prima, vielen Dank für ihre Mühe."

Da ist kein Robert Faust dabei, stellte er fest. Ich schick die Liste trotzdem dem deutschen Kommissar.

Thomas und Barbara machten einen erneuten Versuch bei Frau Faust.

Diese hatte sich vorgenommen, kein Wort mehr mit der Polizei zu sprechen, und auf absolut krank zu machen.

„Frau Faust, wohin wollten sie verreisen", fragte Thomas freundlich.

Keine Antwort. Sie schaute ihn nicht an, aber stöhnte erbärmlich.

„Ich habe Schmerzen, holen sie den Arzt und lassen sie mich in Ruhe."

„Ich glaube ihnen kein Wort. Wollten sie nach Österreich, an den Mondsee? Kann es sein, dass ihr Mann sich dort versteckt hat?"

Herta klingelte der Schwester.

„Ich brauch einen Arzt. Bitte gehen sie." Die Schwester kam rein.

„Bitte, Schwester helfen sie mir, ich habe Schmerzen, und die lassen mich nicht in Ruhe."

„Bitte gehen sie, die Frau Faust braucht Ruhe."

„Was für ein Theater, der fehlt gar nichts", Thomas wurde richtig wütend.

Durch die lauten Stimmen wurde der Arzt aufmerksam, und kam ins Zimmer.

„Was ist denn hier los? Schreien sie die Frau nicht so an. Ich muss sie bitten das Zimmer zu verlassen. So geht das nicht."

Mal wieder ohne ein Ergebnis, mussten sie das Krankenhaus verlassen. Thomas war maßlos enttäuscht, und ziemlich angefressen.

„So kommen wir nicht weiter. Wir müssen anders vorgehen. Solange die auf krank simuliert, können wir sie nicht vernehmen.

Wir müssen den Mann finden."

Herta war geschockt. Woher wussten sie vom Mondsee. Sie hatte das Gefühl zu ersticken. Die Schlinge zog sich Immer enger um ihrem

Hals. Sie bekam keine Luft mehr, und stürzte -- an das Fenster. Doch das ließ sich nicht öffnen.

Sie atmete tief ein und aus.

Es wurde langsam besser und sie wurde ruhiger.

Beim Polizisten Weber wurden die Kommissare Bergmeister und Klar vorstellig.

„Wir hätten eine Bitte, würden sie einen Roman Kraus überprüfen.

Der wohnt gegenüber vom Wiesner, und kommt dem Kollegen Klar verdächtig vor."

„Ja gerne. Moment mal, wie heißt er?"

„Roman Kraus."

Er schaute auf die Liste, die er von der Gemeindeverwaltung bekommen hat.

„Ja, da gibt es einen Eigentümer Roman Kraus, der hat 1968 das Ferienhaus gekauft, im Waldweg 10."

„Das kann nicht sein, der wäre damals so circa 15 Jahre alt gewesen, als er das Haus gekauft hat", wunderte sich Bergmeister.

„Dann stimmt der Name nicht, er hat uns angelogen."

Klar war sich sicher. Sein Gefühl hat ihn nicht getäuscht, mit dem Herrn stimmt was nicht.

„Was machen wir? Für einen Durchsuchungsbeschluss ist das noch zu dünn. Wir werden ihn nochmal befragen."

Robert wachte völlig zerknittert und mit Rückenschmerzen auf.

So kann das nicht weiter gehen, ich darf mich nicht unterkriegen lassen. Ich brauch einen Plan. Aber zuerst musste er sich einen Kaffee kochen.

Gisela und Josef hatten ihrem letzten Urlaubstag.

Sie hatten vor, heute doch noch mal schwimmen zu gehen, und dann packen. Den Nachmittag wollten sie in Salzburg verbringen, und als Abschluss, würden sie die Spielbank in *Schloss Kleßheim* besuchen.

Das Schloss wurde um 1700 als Lustschloss erbaut.

Während des Nationalsozialismus, benutzte Adolf Hitler es für Staatsempfänge.

Die Alliierten feierten dort ihren Sieg.

Heute wird es als Filmkulisse und Casino genutzt.

Einmal im Jahr gingen Josef und Gisela, irgendwo, in eine Spielbank.

Jeder bekam 50 Euro, und damit spielten sie mit, zwei Euro Jetons, solange es halt ging. Wenn das Geld aus war, hörten sie auf.

Meist gewannen sie so viel, dass der Einsatz wieder hereingespielt wurde. Das machte Spaß und es tat nicht so weh.

Robert hatte sich vorgenommen, einen Ausflug in die Berge zu unternehmen.

Er brauchte mal Höhenluft, um den Knopf frei zu bekommen. Dort oben wollte er sich, über seine nächsten Schritte klar werden. Am frühen Abend würde er nach Salzburg fahren, und ein bisschen zocken, in der Spielbank.

Vielleicht ruft er auch nochmal die Herta an.

Er packte seinen Rucksack und zog los.

Die Kommissare aus Salzburg, kamen gegen Mittag beim Waldweg 10 an. „Das Haus ist leer", stellte Amadeus Klar fest. „Niemand zu Hause, meinst du, er hat was gemerkt."

„Nein, der ist halt nicht da. Wir probieren es später nochmal." Michael war sich ziemlich sicher.

„Der taucht wieder auf. Der Herr entwischt uns schon nicht."

Salzburg bot eine Menge Sehenswürdigkeiten.

Gisela und Josef gingen in den Zoo, besuchten das Wohnhaus von Wolfgang Amadeus Mozart, und fuhren mit dem Aufzug auf den Mönchsberg.

Zum Kaffee gab es „*Salzburger Nockerln-*". Sie besichtigten den Dom, und schlenderten mit vielen andern Touristen, durch die Gassen der wunderschönen Stadt.

Dann ging es nach,-*Schloss Kleßheim*.

Im Auto zogen sie sich um, Krawatte wird verlangt.

Dann konnte das Abenteuer Roulette beginnen.

Als Robert auf dem Wartenberg ankam, wollte er erst einmal was essen. Die Wartenbergalm war berühmt für ihren Kaiserschmarrn.

Den bestellte er sich, und lies es sich schmecken.

Der Aufstieg ging eigentlich sehr gut. Man kam an der *Ruine Wartenfels* vorbei. Die er sehr interessant fand.

Robert genoss die Aussicht auf die umliegenden Berge und den See.

Er wird die Herta nicht anrufen. Das wird mir zu stressig. Die macht mir nur wieder Vorwürfe, und das kann ich jetzt überhaupt nicht gebrauchen. Dann wird er die neue Heimat erkunden. Auch muss er unbedingt, an das angelegte Kapital kommen, dazu braucht er eine Vertrauensperson. Doch wer soll das sein? Nein, das geht nicht. Wenn ich in Salzburg Geld hole, wissen sie, dass ich in Österreich bin. Also muss ich über die Grenze, vielleicht fahr ich gleich nach Italien.

Gute Idee!

Das werde ich gleich Morgen in Angriff nehmen. Nach einem Kaffee machte er sich auf den Rückweg.

Dann umziehen und ab ins Casino.

Thomas und Barbara besprachen mit der Staatsanwältin Fischbacher ihre Vorgehensweise. Man war in eine Sackgasse geraten, und man konnte auch nicht wirklich in Österreich agieren.

„Eigentlich müssten wir müssen warten, bis er die Grenze überschreitet, und dann sofort zuschlagen.

„Man kann die Kontrollen bei der Ausreise verstärken."

Gut, ich werde das veranlassen", bestätigte die Staatsanwältin.

Tobias rief an.

„Thomas, Claudia ist krank und wir hätten Karten für den, *Jedermann*, in Salzburg, wollt ihr gehen? Ihr müsst euch aber sofort entscheiden. Sonst frag ich jemand anderen. Der Tobias Moretti spielt den, *Jedermann*, er muss grandios sein."

„Ja klar, danke ich hol sie gleich ab.

Gute Besserung für Claudia."

„Wir fahren zum *Jedermann*, nach Salzburg. Schnell heim, und umziehen."

Barbara wusste nicht wie ihr geschah. Sie war schon weg.

Was ich mit Thomas erlebe, ist unbeschreiblich.

Barbara war sehr zufrieden und freute sich auf den Theaterabend.

Gisela und Josef saßen am Roulette Tisch, und legten die Jetons auf ihre Zahlen.

Gisela, immer auf 0 1 2. oder 0 2 3

Josef legte immer auf die 1 sie waren nicht so erfolgreich,

bis sie schon fast keine Jetons mehr hatten.

Plötzlich kam die 1 Also gewannen sie beide. Na, es wurde aber auch Zeit.

Gisela war so sehr damit beschäftigt, den Gewinn einzukassieren, als wieder die 1 kam.

Dadurch, dass ihre Jetons von vorher noch auf dem Tisch lagen, gewannen sie nochmal.

Das war eine tolle Sache, sie wusste gar nicht, wohin mit den Jetons. Ihre kleine Tasche war schon übervoll.

Als der Croupier die 2 ankündigte.

Gisela konnte es nicht fassen.

Sie schob ihrem Spielstein auf 0 2 3 und es kam die drei.

Also, das war unfassbar. Soviel Glück hatten sie noch nie.

Sie hörten auf zu spielen.

An der Kasse wechselten sie die Jetons in Bargeld. Es waren über vierhundert Euro.

Das schreit doch förmlich nach Champagner!

Sowas hatten sie noch nicht erlebt, das war nicht zu toppen.

Der französische Champagner schmeckte köstlich.

Das war doch ein gelungener Abschluss, eines nicht so ganz geglückten Urlaubes.

Sehr zufrieden, und bester Laune, verließen sie das Casino, und gingen zu ihrem Auto.

Gerade wollte Josef den Wagen starten, als direkt vor ihrer Nase, Robert Faust an ihrem Auto vorbei ging.

Er wollte anscheinend auch ins Casino.

„Heute ist wirklich unser Glückstag, schon wieder läuft der Mörder uns vor die Füße", flüstert Gisela.

Wenn das kein Zeichen ist.

Sie rief sofort den Kommissar Lindner an.

Völlig aufgeregt rief sie ins Handy.

„Er ist hier. Gerade ist er in die Spielbank in, *Schloss Kleßheim.*

Sie müssen sofort kommen, dann können sie ihn verhaften."

Thomas war einen Moment verwirrt, was sollte er tun.

Er sprach mit Barbara.

Sie war einverstanden, den Theaterbesuch nicht zu machen.

„Wir sind in 10 Minuten bei ihnen, bleiben sie beim Wagen bis wir kommen, und beobachteten sie den Eingang.

Nichts unternehmen. Was für ein Auto haben sie?"

„Weißer Zafira", antwortete Gisela.

„Du weißt, dass es nicht ganz in Ordnung ist?"

„Egal, wir müssen ihn da rausholen." Barbara klang bestimmt.

„Hast du Handschellen dabei?"

„Immer am Mann", grinste er.

Gisela fragte sich, wie die Kommissare wirklich in 10 Minuten da sein konnten.

Aber egal, sie waren hier, und jetzt konnte es losgehen.

Die Beiden waren sehr gespannt. Um nichts in der Welt wollten sie diesen Moment verpassen.

„Das ist so spannend", sagte Josef.

„Wir warten hier was passiert."

„Wir kommen als ganz normale Gäste, und spielen etwas.

Und nach einiger Zeit werde ich ihn auffordern mir unauffällig zu folgen, und kein Aufsehen zu erregen.

Ich hoffe, es funktioniert. Drück uns die Daumen."

Selbst Thomas und Barbara waren extrem nervös.

Sie gingen über die breite, wundervolle Treppe nach oben, in den herrlichen Saal, wo sich die Roulette-Tische befinden.

Überall Kronleuchter und Menschen in schöner Garderobe.

Eine leise Musik spielte, und untermalte die elegante Atmosphäre.

Diskrete Kellner servierten Getränke, und die Croupiers hatten an den Tischen, alle Hände voll zu tun, denn jeder Roulette Tisch war dicht besetzt.

Babara entdeckte ihn zuerst.

„Da ist er, sei vorsichtig, er ist gefährlich, und er hat nichts mehr zu verlieren."

„Versprochen!"

Sie stellten sich an den Tisch, wo auch Robert saß, direkt hinter ihn, und legten ihre Jetons auf die Zahlen.

Zwei, oder dreimal. Robert verlor und war schon ziemlich genervt.

Er setzte wieder, und freute sich schon, dass er diesmal einen satten Gewinn machte, als Thomas ihm ins Ohr raunte.

„Rien --- ne --- va ---- plus!"

Kommen sie unauffällig mit.   Polizei!

Bitte kein Aufsehen."

Mit allem hätte Robert gerechnet, aber nicht, dass hier das Ende auf ihn warten würde.

Er ging ohne Widerstand mit.

Irgendwie war er erleichtert.

Sie gingen sie wunderschöne Treppe wieder hinunter, ganz ruhig.

Es wurde kein Wort gewechselt.

Sie führten ihn zu ihrem Fahrzeug, und Barbara legte ihm die Handschellen an.

Thomas berichtete noch dem Ehepaar Vogel vom Erfolg der Aktion, und bat sie für den nächsten Tag in das Präsidium.

Josef fragte, ob sie die anderen von der Boule-Gruppe mitbringen dürfen. Thomas erlaubte es, und meinte noch, er würde dem Herrn Winter auch Bescheid sagen.

„So um 11.Uhr. Fahren sie vorsichtig.

Gute Nacht, und vielen Dank."

Danach fuhren sie mit ihrer besonderen Fracht nach Traunstein.

Auf einmal fragte Robert, „kann ich noch nach meiner Frau sehen?

„Ich bring sie morgen hin. Sie wird erleichtert sein. Ihr Gewissen plagt sie sehr."

Auf der Rückfahrt waren Gisela und Josef von dem Erlebten noch völlig geschafft. Das war ein Urlaub!

Kommissar Bergmeister und sein Kollege Klar, gingen am Abend nochmal zu dem Haus von Roman Kraus. Doch dieser glänzte wieder durch Abwesenheit.

„Das ist ärgerlich. Wir kommen morgen wieder mit der Spurensicherung, und gehen rein, auch, wenn er nicht da ist.

Das wird mir zu blöd."

Amadeus Klar fand das eine gute Idee.

„OK, dann bis morgen, ich schreib ihnen noch eine Mail, damit sie auch pünktlich anfangen können.

„Schönen Abend."

Dienstag

Barbara kuschelte sich an Thomas und meinte, „schade, dass wir aufstehen müssen, es ist gerade so gemütlich."

„Wenn wir den Fall abgeschlossen haben, machen wir ein paar Tage
frei. Versprochen."

„Vielleicht fahren wir an den Mondsee, da soll es sehr schön sein."

Barbara musste herzlich lachen, doch dann sagte sie,

„Warum nicht? Und in die Spielbank möchte ich auch nochmal. Das
hat mir gefallen."

„Ich könnte ja fragen, ob es noch Karten für, *Jedermann*, gibt.

Gut so machen wir es."

Im Präsidium bestellte sich Thomas den Verdächtigen ein.

Im Verhörzimmer war er, Molly, Barbara und noch ein Polizeibeam-
ter.

Es wurde ein Micro aufgebaut, und Thomas begann das Verhör.

„Wo waren sie am Mittwoch den 11.7. um   13.00 Uhr?"

„Im Kurpark von Bad Fischbach."

„Waren sie allein?"

„Nein, meine Frau war dabei, aber sie hat nichts getan."

„Was ist passiert?"

„Ich sah den Herbert Moser, und bekam plötzlich eine solche Wut.
Ich nahm mir eine Boule-Kugel und erschlug ihn.

Ich konnte nichts dagegen tun. Ich war wie ein Roboter."

„Was tat Ihre Frau?"

„Sie stand da, wie zur Salzsäule erstarrt."

„Was passierte danach?"

„Ich warf den Körper über den Zaun, wischte meine Hände und mein Gesicht an einen Lappen ab, und zog meinen Pullover aus.

Dann gingen wir zum Friedhof. Dort warf ich den Pullover in eine Mülltonne. Hier wusch ich mir auch die Hände."

„Was machte ihre Frau?"

„Zuerst gar nichts, dann weinte sie, und machte mir Vorwürfe. Die ganze Zeit.

Sie wurde mit der Situation nicht fertig und auf dem Flohmarkt von Natzing ist sie dann zusammengebrochen."

„Was war auf der Beerdigung von Herbert Moser?"

„Ich hatte mir einen Beobachtungsplatz gesucht, und mich verkleidet. Aber dann sah ich den Mann vom Friedhof, der mich beobachtete, und ich machte mich schleunigst aus dem Staub. Ich fuhr nach Österreich, wo wir seit Jahren ein Ferienhaus besitzen. Das hat mein Schwiegervater noch gekauft."

„Gut wir werden noch öfter miteinander sprechen, sie sind verhaftet. Besorgen sie sich einen Anwalt. Dazu dürfen sie telefonieren.

„Bevor sie in die Zelle kommen, besuchen wir noch ihre Frau.

Morgen werden sie dem Haftrichter vorgeführt."

Gott sei Dank, das mit dem Wiesner wissen sie nicht, dachte er beruhigt.

Im Krankenhaus lag Herta mal wieder völlig verzweifelt im Bett und fürchtete sich vor dem Moment, wenn die Polizei zur Tür hereinkommt. Ich glaube, ich spreche doch mal mit dem Pfarrer, entschied sie.

Da klopfte es.

Bitte nicht wieder die Polizei, flehte sie innerlich.

Doch ihr Flehen wurde nicht erhört. Es nutzte nichts, herein kamen die Kommissare, und

Ihr Mann!

Ihr blieb der Mund offenstehen „Robert", hauchte sie.

„Ich habe alles gestanden", sagte er zu ihr.

„Wir haben keine Chance, mit dem Mord durchzukommen. Ich habe alles versucht. Tut mir leid, dass ich dich damit so gequält habe."

„Du hast keine Schuld, ich habe alles auf mich genommen", seine Stimme wurde immer leiser.

Thomas meinte. „Ganz so einfach wird es für sie nicht, aber jetzt werden sie erstmal ganz gesund, und dann wird man sehen, welche Strafe sie bekommen. Vielleicht kommen sie mit einer Bewährung davon.

Beihilfe, Behinderung der Polizei, das sind auch keine Kleinigkeiten."

Herta konnte nichts sagen, so schlimm wie es war, ihr fiel ein Stein vom Herzen. Endlich Schluss mit den Lügen.

Sie verabschiedete sich von ihrem Mann, und bei den Kommissaren entschuldigte sie sich.

Dann legte sie sich hin, und klingelte der Schwester. Als diese kam, sagte sie nur.

„Ich möchte bitte mit dem Pfarrer sprechen."

Pünktlich um 11.00 Uhr kamen die Boule-Freunde und Paul Winter im Präsidium an.

Barbara und Thomas begrüßten alle, und erzählten von der Ermittlung, von den Zufällen, dem Glück, und der Hilfe, die sie bekamen.

Dass der Täter gestanden hat, und er bedankte sich, für die tatkräftige Unterstützung von Paul Winter und dem Ehepaar Vogel.

Ohne deren Aufmerksamkeit, hätte die Aufklärung des Falls sicher länger gedauert.

Auch andere Zeugen, die hier nicht anwesend seien, hätten zur Aufklärung beigetragen.

„Ich hoffe, dass ich sie alle mal wiedersehe, aber natürlich nicht in Verbindung mit einem Mord.

Vielleicht dürfen wir mal beim Boulen mitmachen", schmunzelte er.

Harald meinte, „jederzeit, obwohl wir niemanden mehr aufnehmen. Bei Ihnen würden wir eine Ausnahme machen", lachte er.

Nachdem die Leutchen gegangen waren, rief Thomas in Mondsee an, und sprach mit dem Polizeimeister Weber.

Er bedankte sich für seine Hilfe und berichtete, dass sie ihren Mörder gefasst hätten, und er gestanden hat. Weber gab das Telefon an Kommissar Bergmeister weiter.

Dieser meinte, „dass er sich eben gerade mit ihm in Verbindung setzten wollte, denn, die KTU hätte im Nachbarhaus ihres Mordopfers Blutspuren gefunden, die eindeutig dem Ferdinand Wiesner zu zuordnen sind.

„Man kann also davon ausgehen, dass er dort getötet wurde.

Außerdem hat man festgestellt, dass der Teppich, mit dem die Leiche eingewickelt war, eindeutig im Haus dieses Mannes gelegen hat. Ein Ölfleck hat das bewiesen.

Nachdem es das Haus eines Deutschen sei, der sich mit falschen Namen vorgestellt hat, gehen wir davon aus, dass er der Mörder ist.

Nun würde ich sie bitten, uns ein Foto von ihrem Robert Faust zu mailen, es ist doch schon sehr merkwürdig, dass ihr Mörder ein Ferienhaus am Mondsee in Innerschwand hat, und wir haben einen Deutschen in einem Ferienhause am Mondsee, in Innerschwand der wahrscheinlich einen Mord begangen hat."

„Natürlich, das mach ich sofort, ehrlich gesagt, traue ich ihm alles zu.

Er war bei uns sehr geständig.

Wenn sie wollen, befrage ich ihn zu ihrem Fall."

„Nein, das wird nicht nötig sein.

Wir werden sehen, wie wir das regeln.

Wenn er der Mörder ist, und in zwei Ländern einen Mord begangen hat, dann soll sich die Staatsanwaltschaft darum kümmern. Das soll nicht unser Problem sein.

Wir klären den Fall, und gut ist."

„Das Bild wird gleich geschickt, und ich schick ihnen auch die - DNA-Analyse.

„Das wäre großartig, danke für die Amtshilfe, alles Gute und vielen Dank."

Paul fuhr direkt zum Friedhof, um seinem Lottchen Bericht zu erstatten.

„Du kannst dir ja nicht vorstellen wie nett und die waren.

Richtig bedankt hat sich der Kommissar, da hilft man doch gerne.

Ich glaube, der Kommissar Lindner ist in seine Kollegin verliebt. Die ist aber auch wirklich hübsch."

Die Bouler trafen sich im, *Café Meineid*, um nochmal von Josef und Gisela die ganze Geschichte zu hören.

Helmut schlug vor, Frau Moser zu besuchen, und ihr von der Aufklärung des Mordes zu berichten.

Beate meinte, „Wir könnten ihr auch unsere Hilfe anbieten, für kleinere Sachen, wie Einkaufen oder Rasenmähen."

Richard fand das eine sehr gute Idee.

„Wenn ich auch nicht viel machen kann, könnte ich mich mit ihr unterhalten."

Kommissar Bergmeister erkannte auf dem Fahndungsbild, seinen Mörder, Robert Faust, alias, Roman Kraus.

Wochenende

Barbara und Thomas fuhren tatsächlich an den Mondsee.

Thomas hatte das tollste Hotel am Ort gebucht.

Sie machten herrliche Bergwanderungen, schwammen im See,

fuhren mit dem Tretboot, lagen in der Sonne, und genossen die Zeit zu zweit.

Auch in der Spielbank waren sie, aber wie heißt es so schön,

Pech im Spiel, Glück in der Liebe.

Das mit dem, *Jedermann*, hat nicht funktioniert, aber den wollen sie sich im nächsten Jahr anschauen.

Für den letzten Abend hatte er ein romantisches Abendessen geplant.

Es gab ein kleines Nebenzimmer, nur für sie allein, mit Musik, einem vier Gänge Menu, und vielen Kerzen.

Barbara sah traumhaft aus. Sie trug ein langes, rotes Kleid.

Er hatte kein kariertes Hemd an, sondern einen eleganten, schwarzen Anzug.

Nach dem Dessert, Thomas war es sehr feierlich zu Mute, er sagte leise.

„Die vergangenen Wochen waren wunderschön für mich, und ich fand auch die schwierigen Situationen mit dir zusammen nicht mehr so furchtbar.

Wir haben das sehr gut gemeistert, und ich kann und will mir nicht mehr vorstellen, ohne dich zu sein.

Willst du für immer bei mir bleiben, und meine Frau werden?"

Sie sagte glücklich.   „Ja".

Zeitfracht Medien GmbH
Ferdinand-Jühlke-Straße 7
99095 Erfurt, Deutschland
produktsicherheit@kolibri360.de